Hebe Uhart

Impresiones de una directora de escuela

Hebe Uhart

Impresiones de una directora de escuela

A.hache

Literatura_cuento

Editor: Mariano García
Coordinación editorial: Gabriela Di Giuseppe

Diseño e identidad de colecciones: Vanina Scolavino
Imagen de tapa: Nacho Iasparra
Retrato de la autora: Gabriel Altamirano

www.adrianahidalgo.es

ISBN: 978-84-19208-92-7
Depósito legal: M-26893-2024

Impreso en España

Los libros de A.hache están compuestos
por las familias tipográficas Genath,
Or Lemmen y ABC Prophet

Esta edición se terminó de imprimir
en Ulzama, en el mes de enero de 2025

Primeros cuentos (1962-1970) 7

El budín esponjoso (1977) 161

Primeros cuentos (1962-1970)

Genaro

En la puerta había un cartel que decía:

SE VENDE TODA CLASE DE AVES.
HAY TAMBIÉN AVES DE PARAÍSO

Y habían venido campesinos del pueblo vecino para ver el ave del paraíso. Vinieron en un carro, y también dos señoras de la ciudad, con sombrero. Se bajaron del carro y dijeron:

–Vinimos por el cartel.

Entonces Genaro, que era el que lo había puesto y vendía las aves, dijo:

–El ave del paraíso...

Y fue adentro y le preguntó a su mujer:

–¿Dónde está el ave del paraíso?

Y la mujer dijo fuerte:

–Esta mañana no la vi.

Entonces Genaro les dijo:

–El ave del paraíso está en un corral que queda muy lejos. Más allá de esa montaña.

Y la señora de la ciudad preguntó:

–¿Se puede ver?

Y él dijo:

–No, no se puede. Pero tengo otras aves para vender.

Les mostró lo que tenía: una gallina renga y un pollo con viruela, pero las señoras dijeron que no precisaban aves y se fueron en el carro.

Genaro entró en la casa, y su mujer, que se llamaba Anunciada, le dijo:

–Eso es mentira. El mandamiento dice: "No mentir".

Entonces Genaro se le acercó para pegarle, pero la vio muy asentada con las manos en las caderas, y agarró el cinturón grueso que tenía y les fue a pegar a los chicos. Le pegaba un poco a cada uno hasta que quedaba sudoroso y los chicos corrían y se escapaban. Tenía diez chicos, a siete los había recogido porque pedían limosna y ahora les pegaba a todos de vez en cuando.

A la noche se reunían para comer y Genaro sabía historias de Salomón y también de San Cayetano y de Jesucristo, y siempre contaba esta historia: "Una vez había un pastor que tenía muchas ovejas y Nuestro Señor le pidió la más linda y que fuera toda blanca. El pastor eligió una muy linda, pero no era toda blanca, porque tenía una mancha negra en el rabo. Entonces el pastor pensó: 'Nuestro Señor no se va a fijar en el rabo, porque Él no se ocupa de esas cosas y se va a creer que es toda blanca'. Cuando se la dio, Nuestro Señor, sin mirar el rabo ni nada, supo que tenía la mancha y dijo que no la quería, y el pastor se fue desmayado".

Cuando Genaro contaba esta historia todos quedaban impresionados y miraban pensativos las ovejas.

A la noche rezaban el rosario y Genaro decía oraciones para sacar el mal de ojo, para que se fueran los malos vecinos, para que viniera gente de la ciudad a comprar toda clase de aves y para la buena muerte. Y una vez que la comida había alcanzado para todos y era la hora de la siesta y Genaro no se había enojado ni una sola vez, ni le había pegado a su mujer, dijo Genaro con voz ronca:

–Ahora vamos a ir a la montaña.

Y les hizo poner el sombrero para ir a la montaña y como tenían solo dos sombreros, Genaro ordenó:

–Una cuadra uno y una cuadra otro.

Fueron todos a la montaña y cuando llegaron arriba ya estaban cansados, y Genaro dijo:

–Aquí Dios se le apareció a mi abuelo.

Y el más chico, que siempre se quedaba pensando, preguntó:

–¿Dónde?

Y Genaro dijo:

–Donde está esa nube.

Todos miraban la nube y no veían nada y Genaro estaba con el pelo erizado, el sombrero en la mano y diciendo cosas en voz baja. Ellos tenían más miedo que cuando les pegaba con el cinturón.

Empezaron a bajar lentamente y a medida que bajaban se iban tranquilizando y corrían, y cuando llegaron a la casa, la madre sirvió otra vez de comer y todos comieron mucho. Genaro le comió la comida a su mujer y ella gritó; ya Genaro le iba a pegar, pero después miró a lo lejos y cuando todos hicieron silencio, dijo:

–Te perdono.

Los domingos iban a misa a pie, porque no tenían carro, y Anunciada miraba por el camino todos los carros que pasaban. Genaro le hacía desviar la mirada y decía:

–El mandamiento dice: "No hay que envidiar".

Y una vez que salían de misa e iban caminando despacio, vieron pasar a una mujer por la vereda de enfrente. Anunciada dijo:

–Esa fue adúltera cinco veces.

Y Genaro le dijo:

–No se debe levantar falso testimonio.

Y la pellizcó fuerte. Después se dio vuelta y miró a la mujer adúltera, pero como ya estaba algo lejos no la podía ver bien. Entonces hizo visera con la mano y la vio. Luego se sacó el cinto y le empezó a pegar a su mujer. Decía:

–¡Ya no hay santidad! ¡Todos miran a sus prójimos y levantan falsos testimonios!

Los chicos se desbandaron y llegaron antes a la casa y se escondieron toda la noche, porque sabían que si no los veía no les hacía nada.

A veces Genaro contaba de cuando había sido soldado del rey y combatía a los prusianos, y los prusianos se morían como moscas. Guardaba una medalla de plata que le habían dado por haber matado a dos prusianos. Se la había entregado un pariente del rey que llevaba penacho. Y cuando llegaba a esa parte de la historia, Anunciada decía:

–Y te dijo: "Bravo, soldado".

Entonces Genaro se levantaba, clavaba el cuchillo en el suelo y gritaba:

–¡Yo soy el que cuenta!

Los miraba a todos y después seguía contando la historia.

Y una vez que no tenían ni trigo, ni arroz, ni papas, ni carne, todos se arrodillaron de noche a pedirle a Dios que les diera papas y carne. Genaro se preguntaba por qué Dios no les mandaría comida. Tenía un hijo con las piernas torcidas y un día le dijo a su mujer:

–Ese no le gusta a Dios.

Y le decía que caminara derecho, como caminan todos los que andan bien. También decía que a Dios no le gustaba la gallina tuerta y le retorció el pescuezo y la mató, y anduvo tres días buscando por todas partes qué cosas eran las que hacían enojar a Dios. Y así degolló al pollo con viruela, puso la verja más lejos de la calle, borró el cartel del ave del paraíso y bañó a la cabra, que tenía mal olor.

Tenía chicos de todas las edades, y una vez uno de los más grandes se escapó. Entonces llamó a la policía para que lo trajeran y la policía lo buscó tres días y después lo trajo a la rastra. Cuando Genaro lo vio se emocionó y lo besó en la frente y en la cabeza. Otra vez ese chico, en vez de darle rebasillo al burro lo tiró en la zanja y Genaro se dio cuenta, pero no le dijo nada. Ahora Genaro estaba cada vez más pensativo y frecuentemente pensaba en el chico, que no le había dado de comer al burro, pero no le pegaba ni con el cinto ni con la bota. Y una vez que Genaro pasaba al lado del corral de la cabra y contaba monedas, sintió una voz que no era ni de hombre ni de mujer, y era una voz bien clara que le dijo:

–Yo soy Jesucristo y te vas a morir.

Y él sintió que las piernas le dolían y que se sentía mal del estómago, pero no dijo nada a nadie. Al día siguiente, sin que nadie lo viera, se levantó al alba y se fue a la montaña donde su abuelo había visto a Dios, y se quedó allí, sosteniendo el sombrero con las manos, arrodillado, pero Dios no le dijo nada y se tuvo que volver. Y ya no se enojaba por nada y otras veces volvió a la montaña a ver si oía la voz, pero no oía nada. Entonces pensó: "Debe ser al lado del corral de la cabra".

Y allí fue. Y una vez no pasó nada y otra tampoco. Pero un día que iba distraído y también contaba monedas, sintió la misma voz que le decía:

–Te vas a morir y vas a venir conmigo.

Y aunque no le dio tiempo de preguntar quién era, él supo que era Jesucristo.

Y ahora ya no contaba más la historia de Salomón ni la de la oveja, contaba la historia de la muerte de Jesucristo y cómo le clavaron los clavos y de todas las veces que se había aparecido así. Entonces el más chico, que estaba cansado, le preguntó una vez:

–¿No se cuenta la historia de la reina de Saba y los camellos?

Y él no respondió, ni le pegó, ni le dijo nada. Y cada vez que él empezaba a contar la historia de los clavos, todos se miraban. Ahora no les pegaba ni les decía nada.

Y una mañana que había estado leyendo desde la madrugada en un libro que hablaba de la muerte, de repente se puso el sombrero y se fue al pueblo, a la casa del cura. El cura tenía sueño y se tuvo que vestir, y Genaro le dijo:

–Soy Genaro. Venía a decirle una cosa.

Entonces le contó, y el cura le preguntó cuándo le había hablado y cuántas veces y dónde, y él dijo que cerca del establo de la cabra. El cura se quedó un rato pensativo y dijo:

–A mí nunca me sucedió una cosa así y hace veinte años que sirvo al Señor. ¿Para qué te tiene que hablar?

Y otra vez lo miró y dijo:

–Además no tenés trabajo y sos muy mentiroso. ¿Por qué te tendría que hablar?

Y Genaro dijo:

–Yo lo oí.

Y le contó cómo era la voz, que no era ni de hombre ni de mujer, y cómo no lo llamaba en la montaña, sino siempre cerca del establo de la cabra. Entonces el cura no sabía qué partido tomar y le dijo a Genaro:

–Debo pensarlo.

Y Genaro se fue a su casa y leía siempre en ese libro, apoyado en la verja, y una vez, mientras leía, oyó la voz que le decía:

–El mes que viene te vas a morir y Yo te voy a llevar conmigo.

Y ahora casi no comía, pero igual tenía buen color y solo un domingo se sacó el cinturón para pegarle al hijo que tenía las piernas torcidas, porque de repente se dio cuenta de que no le gustaba nada a Dios. Su mujer Anunciada ahora lo miraba con otra cara y a veces conversaba con la vecina y las dos lo miraban y miraban por dónde caminaba, y decían:

–Ahora va al granero.

O si no:

–Ahora va a buscar agua.

Y lo seguían fascinadas con la vista.

Después nunca más se volvió a sacar el cinturón y estaba contento, y una noche en que su mujer Anunciada estaba durmiendo, la despertó y le contó lo de la voz. Ella se asustó mucho y se puso a llorar. Decía:

–¡Mi pobre y querido marido!

Pero él dijo que no debía asustarse, porque lo iba a llevar Jesús. Y como Genaro tenía buen color a pesar de que no comía, su mujer lo miró y dijo que siendo así, a lo mejor iba a estar muy bien.

Cuando faltaban diez días para que se cumpliese el plazo, le encargó a su mujer Anunciada todas las cosas. Le encargó que comprara un hermoso cajón, que fuera un cajón de roble y que tuviera borlas de color rojo y que después no lo llevaran a pie al cementerio, que lo llevaran con coche de caballos y con camelias. Ella le prometió que así lo haría y para eso vendieron el pollo, la mitad de la casa, la cabra y les pidieron plata prestada a los vecinos con los que estaban peleados. También mandó qué carrera debían seguir los hijos y lo dejó escrito todo. Uno iba a ser talabartero, otra granjera y así todos. Dejó también escrito a cuáles vecinos iban a saludar y a cuáles no, porque le habían hecho desprecios; y después de haber dejado escrito todo eso, se pasaba el tiempo leyendo y esperando oír otra vez la voz, pero no la oyó por muchos días. No fue más a la iglesia ni tampoco a la montaña, porque tenía miedo de que la voz hablara y lo encontrara fuera de lugar, y se quedaba siempre por ahí, y de noche soñaba con el establo de la cabra y una nube, y también con la voz, que en sueños era distinta.

Y la noche anterior al día que tenía que morir, se quedó solo en su pieza, porque su mujer no quiso dormir con él y ella estaba en otra pieza con sus hijos rezándole al Dios de los clavos. Él los oía rezar desde su pieza, oía como un ruido que se repetía y a su mujer que de vez en cuando lloraba y después se callaba. Y pensando que Dios lo había llamado porque era bien portado, porque había sacado el cartel del ave del paraíso y por muchas otras cosas. Y así se quedó dormido del todo. A la mañana siguiente, cuando apenas había salido el sol, la mujer y los hijos, que habían estado rezando hasta esa hora, entraron a la pieza, vieron que respiraba y se asustaron. El hijo menor lo tocó y lo llamó y el padre no se despertó, pero cuando lo tocó otra vez, se despertó y vio a su mujer y a todos los hijos que estaban allí parados y no se movían. Entonces la madre lo miró, los miró a todos y dijo:

–Voy a hacer el desayuno.

Pero los chicos no querían irse de allí y no se fueron hasta que el padre, tendido de espaldas, se tapó la cara con las cobijas. Entonces ellos, sin que nadie les dijera nada, fueron saliendo de a poco.

A mediodía el padre se levantó y limpió el corral de la cabra. Miró a su hijo, el que tenía las piernas torcidas, y no le dijo nada. Su mujer le dijo a la tarde siguiente:

–Nosotros no tenemos carro. Nunca tenemos carro nosotros.

Él la miró y no le contestó nada.

Esa tarde temprano colgó el cartel que decía "Se venden aves de paraíso", pero cuando vio venir un coche de la ciudad, lo sacó y esperó con timidez que pasara. Su mujer dijo enojada:

–¡Pasó de largo, pasó de largo!

Y hablaba fuerte. Él no dijo nada y cuando cayó el sol, los miró a todos y dijo:

–Vamos a dormir.

Y vino el vecino a pedir el dinero que había prestado. Se vino armado, pero Genaro le dijo:

–Pronto se lo voy a dar.

El vecino le preguntó cuándo y Genaro le dijo qué día y se puso a trabajar para juntar el dinero, y como su mujer vio que trabajaba y que ya estaba por devolver el dinero, le dijo:

–Ayer vi un carro chico.

Y él siguió trabajando y pudo comprar el carro. Ahora iban todos al pueblo en carro, pero como a él le gustaba más ir caminando, a veces se iba solo a pie, miraba las cosas del pueblo y se volvía. Y trabajó dos meses para comprar un burro nuevo, y cuando volvió del pueblo con el burro, le dijo a su mujer:

–Me duele el hombro.

Y la mujer le fue a preparar fomentos y a juntar hojas de malva para hacerlos, y cuando volvió, vio que se tocaba el pecho, y ladeaba la cabeza y después se murió. Entonces Anunciada lo puso en el cajón que tenía comprado de antes, y esa noche ella y los hijos lo velaron. A veces se oían voces y de vez en cuando la mujer que lloraba, y luego otra vez las voces.

La gente de la casa rosa

Había una vez una casa rosada que se había puesto un poco verde. No tenía verja, ni portón, ni ventana grande. Adentro tenía chanchos y floreros de porcelana muy viejos, y grandes cortinas amarillas que se corrían con una cuerda que nunca andaba y siempre se rompía. Toda la gente que pasaba sentía mucho olor a cordero y a veces a cabra, pero los vecinos sabían que allí no cocinaban cordero ni cabra y que era el olor que había siempre. También había olor a lirios, porque en el jardín tenían lirios, junquillos y rosas enanas. En el jardín sacaban las hojas con un rastrillo y estaba todo liso, pero en el fondo guardaban los instrumentos rotos y los hilos viejos. Allí no llevaban nunca a nadie porque podían enredarse cuando caminaban.

En esa casa vivían la madre, el padre y la hija. El padre tenía bigotes y dos ojos en forma de bolitas negras y los labios tan colorados que parecían pintados. A veces no conseguía trabajo, pero cuando traía algún adorno para la casa, era que había conseguido trabajo. Él nunca quería comprar escobas y por eso la madre lloraba afligida en un rincón y no se alegraba cuando él traía chanchos de porcelana, y suspiraba. Entonces el padre decía:

–Sí, ya sé que faltan escobas.

Y la madre se iba a un rincón y se quedaba en la sombra, porque ella solo hablaba para decir que no había escobas.

Pero el padre hablaba muchas veces con la hija, que tenía dieciocho o veintiocho años y siempre se hacía unos rulos en la cabeza, que eran como esos pitos largos de carnaval que se enrollan, cuando no están del todo enrollados. Era muy blanca y a veces se ponía vestidos violeta, pero se le ensuciaban en seguida, porque el violeta es un color delicado.

Ella hablaba con el padre y le contaba cosas de los novios de las otras muchachas, porque ella no tenía novio. Entonces el padre le decía cuáles novios querían casarse con las muchachas y cuáles no, porque ella le contaba cómo pasaban las cosas.

La madre se quedaba siempre en la sombra y a veces interrumpía para arreglar el vestido violeta con un golpecito, y la chica le daba un golpecito en la cabeza a la madre y seguía escuchando al padre.

La chica decía a veces algo secreto a su madre y esta se lo decía al padre y así se divertían mucho, y esa gente siempre se decía secretos y a veces iban por la calle y para que la gente no los oyera, se decían secretos y después se reían fuerte y miraban para todos lados. La madre nunca inventaba secretos, ella solo los escuchaba y estaba contenta porque se reían y porque todo marchaba bien.

Cuando la madre había conocido al padre, él tenía los labios muy rojos y los ojos como bolitas, pero sabía hablar muy bien y decir versos y casi nunca conseguía empleo, pero decía versos a la luz de la luna, y después se reía mucho y se mordía los labios colorados. La madre era pobre y lo admiraba mucho y por eso se casó y tuvieron esa hija que se llamaba Florentina.

Cuando Florentina iba a la escuela nunca llevaba caramelos y siempre les pedía a los demás, y los otros a veces le daban y a veces no. Entonces ella contaba cuentos malos que había aprendido de un primo que tenía doce años, y después le daban caramelos. En la escuela aprendía casi todas las cosas, pero no se acordaba de los nombres de las batallas y decía nombres parecidos, pero distintos, y los chicos se reían. También llamaba a las cosas con nombres raros, que los otros no conocían, y decía "entreverado" en vez de decir "mezclado". Entonces los chicos decían que "entreverado" no quiere decir "mezclado" y le preguntaban a la maestra, y la maestra decía que sí. Entonces Florentina decía:

–¿Vieron? Vale igual.

Y todos miraban con curiosidad y también con desconfianza. Ella fue la primera que se soltó las trenzas y se hizo grandes rulos, pero la madre le ponía una red en la cabeza para que no se le deshicieran. Los otros se reían mucho en la clase porque tenía la red puesta, pero ella en el recreo se la soltaba un poco para que vieran los rulos que tenía debajo. Pero a veces había humedad y tenía que tener cuidado porque se le deshacían.

Después siempre se hizo rulos y ya el pelo tenía cierta consistencia, y cuando se peinaba, el padre y la madre la miraban enternecidos y ella les sonreía.

Una noche el padre no había conseguido empleo pero tenía cincuenta pesos y se emborrachó. Esa noche volvió borracho a su casa y la mujer se puso a llorar. Como la mujer lloraba, cuando se despertó al mediodía se fue a emborrachar otra vez y se quedó dos o tres días mareado. Ella no quería que la gente se diera cuenta, pero como lloraba mucho y no había comprado la leche, la gente se dio cuenta igual. Después le dio una píldora y el hombre se quedó dormido.

Y como no conseguía empleo, la chica tuvo que salir a trabajar. Y entonces trabajaba en una casa donde vendían perfumes con tapa colorada. En ese lugar trabajaba un muchacho alto y delgado, que tenía ojos oscuros y la piel casi transparente, y a Florentina le gustó y lo empezó a mirar. Y después Florentina se hacía los rulos con cuidado y se ponía un poco de perfume detrás de las orejas. Cuando ese muchacho se dio cuenta de que lo miraban, la miró y siguió atendiendo a la gente. Él vendía jabones y Florentina no precisaba jabón, pero pensó: "Le voy a comprar un jabón".

Y fue caminando, se ajustó el cinturón y le dijo si le vendía jabón, y él le vendió y le preguntó si era nueva, y ella le dijo que sí. Se puso muy colorada y él la miró sorprendido.

Después, cuando ella no tenía clientes, se iba a charlar con él, que tenía muchos clientes, y una vez él le dijo:

–Ahora estoy ocupado.

Pero después se arrepintió porque no había sido amable y se fue a conversar con ella, y ella se puso muy contenta. Todos los días lo iba a buscar y a veces lo acompañaba unas cuadras porque le gustaba mucho. Ella les contaba a sus amigas que tenía un novio hermoso y cuando le preguntaban cuándo se iban a casar, decía:

–¡Quién sabe! Todavía falta.

Y le contaba al padre cómo pasaban las cosas y el padre le explicaba, y la madre le planchaba todos los vestidos y le emparejaba el pelo.

Pero ese muchacho era muy distraído y a veces se olvidaba de saludarla, pero ella igual lo iba a visitar.

Así pasó un año y ella le dijo un día que lo quería mucho y que por él estaba dispuesta a todo. Él se espantó y se fue caminando ligero y ella lo siguió. Entonces él la miró con curiosidad, como cuando los chicos la miraban en la escuela, y se quedó con ella. Esa noche ella quiso pasar la noche con él, y se dio cuenta de que ella había sido la novia de él pero él no, y se fue muy triste para su casa, porque ya no tendría ninguna historia de novios para contar a sus amigas.

Cuando el padre supo que Florentina tenía novio se puso muy contento, porque él quería hacer una fiesta de casamiento grande y que todos se quedaran asombrados, y entonces se puso a trabajar para juntar plata para la fiesta de casamiento. Y trabajaba todos los días y nunca se emborrachaba y ahorraba todo y, a veces, le compraba escobas a su mujer, que ahora estaba contenta.

Un día vino borracho a la casa y la mujer se puso a llorar sin preguntar nada, y cuando vino Florentina, le dijo que no quería verla ni aunque se muriera, y le contó a su mujer lo que había hecho Florentina. Su mujer lloró por mucho tiempo y Florentina anduvo dos días por la casa sin que nadie la mirara y con los rulos deshechos.

Habían pasado quince días desde que el padre había vuelto borracho cuando recibieron una carta de la tía del campo para invitarlos a pasar las vacaciones. La madre miró la carta y dijo:

–¿Cuántos años hace que no vamos a lo de Julia?

–Tres.

–¡Cuánto tiempo! Y dice que Juan está enfermo.

–Sí. Y ellos vinieron cuando se murió la abuela.

–Hay que ir, si no van a pensar que somos maleducados.

Entonces el padre llamó a la pieza de Florentina y dijo:

–Vamos a lo de la tía Julia de visita. Prepárese.

Y Florentina se hizo los rulos, pero no quiso ponerse perfume y salieron. En el camino no hablaron casi nada y cuando llegaron al tren, se sentaron. Florentina tenía un vestido almidonado que hacía un pico y su madre se lo aplastó y su padre lo vio y se puso a mirar por la ventana. De vez en cuando miraba a su hija, pero Florentina estaba muy dura y quieta y había puesto la valija en el pasillo. Una señora se cayó y empezó a gritar y les dijo maleducados y llamó al guarda. El padre discutió mucho con el guarda y decía:

–Mi hija la puso cerca de su asiento. ¿O se cree que es una maleducada?

Y el guarda le quería hacer sacar la valija, pero el padre no quería y dijo:

–Vamos, hija, vamos.

Y Florentina dijo:

–Papá tiene razón.

Y el padre dijo:

–Nos vamos a bajar de este tren.

Y le dio el brazo a Florentina y con el otro llevaba la valija. Y se fueron caminando a la casa de la tía del campo, y por el campo se decían secretos, aunque no había nadie, y la madre se reía porque se reían el padre y la hija.

Angelina y Pipotto

Había una vez una mujer que se llamaba Angelina, pero la gente del pueblo le decía "vieja" y los chicos "vieja loca" porque una vez en la feria le pegó con un palo al feriero. Y por eso también los chicos decían que llevaba bastón, pero ella no llevaba bastón y andaba bien derecha. Su marido se llamaba Pipotto y era gordo y colorado, y se pasaba todo el día tomando vino, que guardaba en una cuba en el sótano. Todos los días, cuando Angelina dormía, él iba al sótano y tomaba de la misma cuba. Entonces ella se despertaba y decía:

–Siento olor a vino.

Y se iba al sótano y allí lo corría, y él dejaba la cuba destapada, y como nadie la tapaba, venía la cabra a lamer todo. Entonces Pipotto corría dando grandes gritos:

–¡Mi vino! ¡Mi más querido vino!

Cuando la cabra se emborrachaba, Angelina le pegaba, para que así aprendiera, y si su marido Pipotto estaba borracho, también le pegaba a él, pero si él no estaba borracho, él se indignaba contra la cabra y los dos empezaban a pegarle y después la ponían en el establo.

Cuando llegaba el tiempo de emparvar, Angelina limpiaba la horquilla y la preparaba desde mucho tiempo antes, y a veces emparvaba desde que salía el sol hasta la noche, y una vez tuvo que quemar todo el pasto porque había encontrado una lagartija colorada y las lagartijas coloradas traen fiebre y el dolor de muelas. Entonces Pipotto lloraba y decía:

–Es demasiado pasto, el pasto mejor que he tenido en mi vida.

Y sollozaba.

Angelina, mientras, iba poniendo teas encendidas y lo miró con una tea en la mano y Pipotto dijo:

–La fiebre es muy mala.

Y se puso a quemar él también, pero no quiso quemar a la lagartija, ni tampoco quiso verla viva, aunque fue a verla cuando su mujer la echó al río y dijo:

–Cubierta de agua es distinto.

Y se tumbó para mirarla, y después salió corriendo hasta su casa.

Cuando era domingo, tocaban las campanas y Angelina se ponía un vestido violeta. Era muy flaca y el vestido le quedaba grande. Pipotto se ponía el reloj nuevo y se iban en carro a la iglesia, donde estaba el predicador. Desde que cantaban los gallos Pipotto tomaba vino, pero estaba permitido porque era domingo. Él manejaba el carro, y a veces cantaba despacio y Angelina miraba un libro de oraciones que decía:

Con flores a porfía
que Madre nuestra es...

Y entonces le decía a su marido:

–Deberías cantar "Porfía" y no esas cosas inmorales, porque estamos a dos cuadras de la iglesia.

Y señalaba con los dedos las dos cuadras, pero Pipotto no se acordaba de "Porfía" y ya no cantó ningún canto.

En la iglesia el predicador decía cuando entraron:

–No se debe incendiar los campos, y tampoco se puede tomar mucho vino, porque el que toma mucho vino después incendia los campos. Yo no lo digo por nadie en particular y lo digo por todos en general, y ahora vamos a cantar este canto.

Y todos cantaron:

Con flores a porfía
que Madre nuestra es...

Una vez vino un forastero que dijo que era conocido de ellos porque conocía a unos parientes que vivían en Aquitania. Y ese conocido quería comprar una parcela de campo y Pipotto se acordaba de Aquitania y decía:

–¡Qué vacas había!

Y el otro decía:

–¡Qué vacas!

–Había un río azul del todo, no tenía nada de sucio.

–Es cierto.

–Y no era solo un río, era un río con puente; y no era puente de madera, porque era puente de hierro.

–Sí –dijo el otro con modestia–. Era un puente de hierro.

Y mientras, Angelina los miraba y se ponía los anteojos y enarcaba las cejas y vio que el conocido tenía el pelo colorado y, por si acaso, se hizo la señal del nombre del padre.

Y Pipotto decía:

–Allá vivía Cola de Mula.

–Se murió Cola de Mula.

Y Pipotto lo miró fijo y dijo:

–Entonces no es lo mismo.

Pero el otro sonrió y dijo rápido:

–Ah, pero hay muchas cosas más, hay faroles de carnaval, y para la fiesta de San Juan, hay un negocio donde venden nueces y billetes de lotería.

Entonces Pipotto golpeó el suelo con el pie y dijo:

–Sin Cola de Mula no es lo mismo.

Y se empezó a emborrachar.

El otro decía:

–Cierto, no es lo mismo.

Y el forastero no se emborrachaba y decía:

–Usted tiene mucho campo. Es demasiado campo para una casa sola.

Angelina observó otra vez que era pelirrojo y entonces dijo:

–Son 887 pesos.

Pero el conocido no quería discutir con ella, quería discutir con Pipotto, porque Pipotto decía:

–¿Para qué sirve el campo? El campo no sirve para nada.

Entonces Angelina le echó un balde de agua a su marido y el hombre pelirrojo agarró el paraguas y los guantes y dijo:

–Muy buenas noches, que lo pasen bien, se me ha hecho muy tarde.

Y desapareció.

Una vez Pipotto estaba muy enfermo y no quería prepararse para la buena muerte. Angelina buscó un libro de oraciones que había sido de su abuela, y estaba en el baúl en un rincón, bajo unas ramas secas de olivo.

Angelina se sentaba al borde de la cama y decía:

–Hay que repetir así: "Desdigo lo que dije, desoigo lo que escuché y deshago lo que hice".

Y Pipotto se tapaba la cabeza con la almohada y miraba si venía el alba. Si todavía era de noche, él repetía lo del libro de oraciones, pero si oía cantar el gallo, se sentaba rápido en la cama y decía:

–Hay luz. Ahora ya hay luz.

Y así todas las noches. Entonces Angelina decía:

–Es Satanás que se encarnó y lo tengo que sacar.

Y ella iba con un tacho lleno de agua y esparcía agua por todos lados y también sobre Pipotto, que no se daba cuenta y decía:

–Desdigo lo que dije. –Y de repente espiaba la ventana y veía luz y decía–: Ya hay luz. Ya cantó el gallo.

Un día, a la mañana, vino el recaudador del gobierno, que tenía un sombrero blanco de paja, y ellos no lo conocían pero lo hicieron entrar. Ellos no votaban porque eran muy viejos y tampoco sabían qué gobierno había, y se creían que ese recaudador era el del rey Víctor Manuel. Entonces el recaudador dijo:

–Después de Víctor Manuel hubo ocho reyes primeros y tres reyes segundos y un rey tercero que duró dos días y lo sacó la revolución. Ahora gobierna el rey Evaristo.

Entonces los dos viejos se miraron, se encogieron de hombros y Angelina preguntó:

–¿Y ese rey qué quiere? ¿Chanchos, cabras o queso? Queso no tengo, pero sí una cabra y tres chanchos.

Entonces el recaudador se fue al establo para mirar los

animales y a cada rato se tocaba el sombrero blanco y fruncía las cejas. Después anotó dos chanchos y Angelina miraba un poco lo que escribía y otro poco el sombrero blanco, y después lo acompañó hasta la puerta. Cuando se fue, el recaudador hizo bocina con la mano y dijo, con mucha dignidad:

–Recuerden, es el rey Evaristo.

Y ellos se fueron a freír un pedazo de tocino.

Un día Pipotto sacó el dinero del colchón porque lo habían abierto para cambiarle la lana, y después no se acordaba dónde lo había guardado. Pipotto no le decía a su mujer que no se acordaba, porque tenía miedo, pero un día empezó a buscar en distintos tachos y Angelina, que estaba lavando, le preguntó:

–¿Qué es lo que estás buscando?

–Nada –dijo Pipotto.

–Es el dinero –dijo Angelina–. Hace tiempo que falta. Si lo gastaste quiero otro dinero igual a ese enseguida.

Y entonces los dos se pusieron a buscar y era de noche, y estaban sin linterna ni nada, y de pronto Angelina vio un pedazo de tierra removida y empezó a sacar tierra con la pala y dijo:

–Acá está. Lo pusiste aquí.

Y sacaron las monedas y se pusieron a limpiarlas muy despacio, hasta que tuvieron brillo y las guardaron en el colchón que había sido cardado nuevo hacía poco.

Angelina había hecho tocino frito y lo llamó a Pipotto a comer. Lo llamó varias veces y también hizo ruido con una lata. Lo buscó por dentro de la casa y no estaba; salió afuera y en los establos tampoco estaba; fue a mirar a las parvas y estaba detrás de una parva apoyado y sentado, y parecía dormido pero ella se dio cuenta de que estaba muerto. Entonces fue a avisar a los coches fúnebres y preguntó:

–¿Cuál es el mejor entierro? Quiero tres coches, todos llenos de flores.

Y había llevado las monedas que ellos habían limpiado. El de los coches la miró, miró sus zapatos y dijo:

–Con un coche basta.

Y ella dijo:

–No basta nada. Quiero tres coches llenos de flores y no flores cualquiera, quiero claveles blancos.

El hombre anotó, y Angelina avisó al predicador y todos los vecinos supieron y fueron a su casa. Pipotto estaba tendido en una cama y ellos decían:

–Era bueno.

–Era buen vecino.

–Sí, de los mejores vecinos que hay.

Angelina hablaba como para sí y decía:

–Yo le dije. No te tomes ese vino. Tu barriga ya está demasiado llena de vino y eso hincha las venas.

Los miró y dijo en voz alta:

–Tomaba demasiado vino.

Entonces todos se quedaron callados y una que tenía un pañuelo en la cabeza dijo:

–Sí, pero era muy alegre y cantaba siempre, ¡pobre!

–Era fundador. Era un vecino fundador.

De repente oyeron a la cabra que gritaba, y otros dos vecinos fueron a mirar; la cabra estaba borracha porque la cuba había quedado destapada. Angelina echó la cabra fuera y cerró la cuba, y todos fueron otra vez donde estaba Pipotto y después rezaron oraciones y el predicador les puso agua bendita y habló de la vida eterna. Cuando eran las cinco de la tarde, todos fueron a pie al cementerio y los que llevaban el cajón sudaban porque era un cajón muy pesado. Lo enterraron en un lugar apartado y una vecina dijo:

–Ese no es el lugar de un fundador.

Después volvieron a sus casas, y la besaron a Angelina en los dos cachetes y se despidieron.

Ella se volvió y vio que el tocino estaba del todo helado, era un tocino que no se podía comer. Y ahora bajaba el sol y buscó a la cabra para darle el tocino. La cabra estaba muy borracha. La miró un rato y agarró la horquilla para pegarle, pero después muy despacio la dejó en su lugar. Y como bajaba el sol, se sentó cerca del último sol que había, y se quedó mirando sin distraerse cómo la cabra mordía el tocino y lo tiraba. Cuando bajó el sol, dijo:

–Esta cabra está un poco enferma y hace frío.

Entonces le hizo un nido de pasto en la cocina, y ella se durmió en la pieza, y a la noche se levantó dos veces para darle agua.

Los cuentos de los amigos de Cecilia

Los amigos llegaban, se sacaban el sobretodo y lo ponían en un perchero grande, y después se sentaban a charlar con Cecilia, que los había invitado. Cecilia los había invitado a todos juntos, así ellos hablaban y ella solo escuchaba, porque estaba cansada, y ahora estaban todos sentados alrededor de la mesa contando historias.

El primer invitado contó una historia de monos. Un mono se subía sobre un cajón y con un palo agarraba una banana y después la pelaba y se la comía. Cecilia lo escuchaba con atención y trajo café en pocillos con platos debajo, y todos revolvían el café hasta que uno empezó a decir:

–¿Podríamos contar historias de ladrones?

–No, historias de ladrones mejor que no –dijo una señora con moño en la cabeza.

Entonces todos empezaron a tomar el café callados y contentos de estar al calor, porque afuera helaba, y cada vez que se abría la puerta corrían a cerrarla y se volvían a poner contentos porque estaban al calor. Después se empezaron a contar historias por separado, y cada uno le contaba algo al que tenía a su lado, y Cecilia escuchaba la historia que le contaban, que era justamente la de los ladrones.

Mucho tiempo charlaron así, hasta que se abrió la puerta y entró otro amigo. Este amigo se quedó con el sobretodo puesto y se sonreía siempre. Se sentó y permaneció sentado con las manos en los bolsillos. Cecilia fue corriendo a traerle café sin decir nada y todos le explicaron lo que estaban haciendo:

–Estábamos contando cuentos, pero los tuyos son los mejores de todos. Nunca vi a nadie que supiera tantos cuentos.

El amigo se sonrió como pidiendo disculpas y se puso a contar la historia justo cuando Cecilia traía el café y se sentaba.

–Voy a contar una historia que pasó hace tiempo –dijo, y se puso las manos en los bolsillos–: "Una vez había una mujer que se estaba lavando la cabeza y se miró al espejo para ver si tenía el cuello limpio. Cuando se miró al espejo, vio que al lado de la oreja tenía una mancha colorada y redonda y se dijo: 'Será una mancha de tinta'. Y se empezó a frotar esa mancha que antes no tenía y gastó todo el jabón. Cuando vio que no salía, pensó que estaba enferma y fue a ver a un médico y el médico le dijo: 'Es una mancha cualquiera, pero no es de tinta y usted no está enferma'. La mujer se fue a su casa sin olvidarse de que tenía una mancha colorada en la cara y se la tapaba todas las veces que podía, y cuando estaba con alguien, le parecía que enseguida se iban a dar cuenta de que tenía una mancha y se avergonzaba. Por eso se quedaba mucho tiempo sola y toda la gente que la conocía se preguntaba por qué esa mujer habría cambiado tanto, pero nadie se lo explicaba, y como ella había cambiado, ellos también, y eran amables y recelosos con esa mujer. Ella se daba cuenta y sufría mucho. Una tarde estaba mirándose en el espejo distraída, sin pensar en nada. De repente se acordó de algo: ¡había mirado y no se había visto la mancha! La mujer se miró otra vez y el corazón le golpeaba fuerte; la mancha no estaba. Entonces buscó apoyo y se sentó, porque sintió que tenía las piernas flojas y estaba por llorar. La mancha se había ido. Esa mujer levantó su pelo todo lo que pudo y se fue a tomar el sol que había en su casa, para que su cuello recibiera el sol y después volvió muy contenta y se acostó. Cuando se levantó a la mañana siguiente, tenía la mancha otra vez en el mismo lugar, una mancha redonda y colorada y todavía ahora la tiene".

El amigo se sonrió y sacó las manos del bolsillo para tomar su café, y uno dijo, mirando a Cecilia:

–Es una historia muy rara.

–Las manchas a veces son de nacimiento –dijo la señora del moño en la cabeza.

Y otro amigo bostezaba y miraba su reloj. Después dijo:

–Son las doce y debemos dormir.

Entonces todos agarraron los sobretodos y se fueron, y el último en irse fue el hombre del sobretodo puesto y le sonrió a Cecilia y le dijo adiós.

Cuando todos estaban afuera dijeron:

–Cecilia nunca habla, solo escucha lo que dicen.

–Yo nunca la oí hablar –dijo un señor pelado.

–Es como si no estuviera, pero hace un café muy rico –dijo la señora del moño en la cabeza.

Y después se dispersaron y se fueron cada uno para su casa.

La señora de al lado siempre tejía y Cecilia le ovillaba todas las madejas porque así se entretenía mientras hablaba la señora de al lado, pero ella no tejía. También compraba muestrarios de perros, donde aparecían perros de todas clases y de todos los precios, pero ella no compraba ninguno.

Cecilia invitó muchas veces a esos amigos, y siempre les servía café, y cuando venía algún amigo nuevo, ella iba en silencio a la cocina, le ponía más agua a la cafetera y le daba café. También cuando se iban les alcanzaba los sobretodos y se los cepillaba, y todos decían: "Muchas gracias".

Cecilia iba al cine muchas veces y se asustaba cuando un hombre alto quería matar a otro, y se sonreía cuando aparecían chicos jugando o cuando la gente se enamoraba.

También trabajaba: era la que llevaba los papeles de un lado a otro, y los revisaba muy bien y les borraba las manchas de tinta y los apilaba todos según el color, todos los días.

Una vez que volvía del trabajo, el viento la despeinó toda y enseguida que llegó a su casa se peinó con cuidado. En el costado derecho, debajo de la oreja, tenía una mancha redonda y colorada. La miró con fijeza, se pasó jabón y la mancha no salió. Cecilia se puso un camisón y se acostó, y sentada en la cama se puso a rezar las oraciones, como todos los días, y después sacó un espejito chico y se miró otra vez, sonriéndose un poco y se dijo:

–¿Y por qué no yo?

Y se quedó dormida.

El señor Ludo

El señor Ludo aparecía en los lugares donde vivía poca gente. Tenía mujer y seis hijos que andaban como jóvenes camellos. La primera vez que los vecinos de aquel lugar lo vieron, estaba clavando cuatro palos y poniendo una lona encima, y se quedaron asombrados. Entonces vino un vecino y preguntó:

–¿Es un circo?

–No –dijo el señor Ludo–. Es mi casa.

Al día siguiente vieron que esa gente no hacía comida, pero tenían un gran alfajor y el padre lo cortaba y les daba a todos, y mientras, la mujer estaba en un rincón. Nunca salían separados y a veces uno de los hijos asomaba la cabeza por debajo de la lona y la metía ligero adentro. Y entonces no les preguntaron nada, aunque siempre seguían espiándolos.

El señor Ludo tenía una barba castaña y larga y era calvo, y al tercer día de estar ahí, los vecinos vieron aparecer un animal largo, que parecía un perro, pero que caminaba como un pato, y en seguida apareció una mano que lo metió otra vez adentro. Por muchos días no vieron más nada y ya casi se habían olvidado de ellos, cuando los vieron salir a la calle. Iban uno detrás del otro y adelante iba el señor Ludo calzado con sandalias. Cuando hablaban no se paraban para escuchar y atendían a lo que decía el de adelante, desde el señor Ludo hasta el más chico de los hijos. Caminaban por todas las calles de la ciudad y después volvían, y nunca entraban a comprar nada y toda la gente miraba a los hijos del señor Ludo, que parecían jóvenes camellos. Entonces la mujer, que era temerosa, le dijo al señor Ludo:

–Miran a nuestros hijos.

Y entonces el señor Ludo le dijo:

–Son hijos muy robustos.

Y seguían caminando y no hablaban casi nada, y solo hablaba el señor Ludo para dar la orden de doblar o descansar. Descansaban parados, y entonces el señor Ludo se limpiaba el sudor con un pañuelo violeta y después decía:

–Seguir.

Y seguían hasta bien entrada la noche, y entonces volvían a su casa.

Un día estaban caminando por la calle, adelante el señor Ludo y por detrás de todos, el chico más chico. Cuando doblaban la esquina el chico más chico dijo:

–Se me perdió un zapato.

El siguiente se lo dijo al otro, y así, hasta que lo supo el señor Ludo. El señor Ludo pensaba y no decía nada, y después de haber pensado un poco, dijo:

–Hay que buscar ese zapato.

Entonces se dieron vuelta y todos regresaron a buscar el zapato. Lo buscaron por todas las calles de la ciudad y no estaba. El chico más chico parecía rengo y caminaba de un modo raro. Y cuando pasaron por la zapatería, la madre dijo humildemente:

–Podríamos comprar otros zapatos.

El señor Ludo no la oyó, y buscaron el zapato hasta bien entrada la noche. Cuando todos estaban cansados, el señor Ludo dijo con mucha seriedad:

–El zapato se ha perdido.

Todos repitieron eso, y se fueron camino de la casa.

Y el señor Ludo les decía así a sus hijos:

–Hijos: el padre de ustedes fue legionario alpino. Iba al frente de los ejércitos que están en las montañas. Allí todos vencían y cazaban patos salvajes, pero ahora estamos acá. Nosotros no estaremos siempre acá y vamos a volver a las montañas alpinas.

La madre hacía que sí con la cabeza, pero los chicos nunca habían sido legionarios alpinos y miraban con curiosidad a la madre. El padre seguía:

–Allí nadie recoge las cosas del suelo para comer y los que se comen un pato salvaje que esté herido en el ojo son fusilados delante de todos.

Y entonces el más chico dijo:

–¿Y si cerca del ojo?

Y el señor Ludo no respondió, y decía:

–Allí cantan canciones y nadie descansa, todos están en marcha y hacen sus necesidades en la marcha.

Los niños se asombraron de pensar en tanta gente caminando y activa, y el chico más chico tenía sueño y quería dormir. Por fin se iban a dormir y el señor Ludo se quedaba levantado y conservaba el fuego. Cuando todos estaban dormidos y nadie lo veía, leía un libro con letras rojas y hacía señales raras, y cuando se quedaba dormido sobre el libro, se abofeteaba y seguía leyendo. Pero nunca nadie, ni siquiera su mujer, supo qué había en ese libro, ni tampoco que lo leía.

Y de día el señor Ludo no estaba en la casa y su mujer debía ir a buscar agua a la casa de los vecinos. Y la mujer al principio iba, pero después mandó a su chico más chico, que traía el agua muy contento. Una noche volvió el señor Ludo más temprano y vio que el chico traía agua en un balde y le dijo a su mujer:

–¿Quién debía traer el agua?

Y la mujer bajó los ojos y dijo:

–Yo.

Y dijo el señor Ludo, levantando un dedo:

–Él no traerá agua; él será legionario alpino.

Y entonces el chico, que estaba esperando con el balde en la mano, preguntó:

–¿Qué hago? ¿La tiro al suelo o la devuelvo?

El señor Ludo miró, y era de noche; las casas de los vecinos ya estaban cerradas y se veían algunas luces a lo lejos. Dijo levantando el dedo:

–Solo esta vez se entrará el agua.

Un día los vecinos vieron cómo levantaban la lona y se iban caminando, llevando la casa como se llevan los estandartes en la procesión. En la espalda llevaban un bulto y todos estaban serios. Así llegaron a un terreno y pusieron la casa. Enseguida vino un hombre con la cara roja y les dijo que se fueran. Y el padre muy seriamente mostró una medalla que tenía unas perlas muy viejas. El hombre miró un rato las perlas, y dijo:

–No me importa.

Y entonces el señor Ludo y todos los demás siguieron llevando la casa hasta encontrar otro terreno libre, y cuando lo encontraron, cansados como estaban, pusieron enseguida la casa. Y cuando entraron y estaba la lona puesta, vieron que estaba lleno de estiércol de caballo, y tuvieron que irse a otro lado. Era de noche, y aprovecharon para quedarse en un terreno, y a la mañana siguiente, la primera vecina que se despertó llamó a las demás y se pusieron a espiar hasta que vieron aparecer la primera cabeza. Era el chico más chico, y en seguida se metió adentro. Después su madre lo mandó a buscar agua y los vecinos no le dieron, y esa noche se tuvieron que mudar de allí.

Al fin el señor Ludo tuvo que vender su medalla con perlas y le dieron un terreno, pero en el terreno también tenían que estar dos caballos y una conejera. El más chico se había hecho un agujero para espiar a los caballos y los conejos, pero el agujero casi no se notaba. En ese tiempo también tuvieron botas nuevas y el señor Ludo compró un perfumero y todas las tardes echaba perfume por la casa y, a veces, al aire. Todos quedaban con mucho olor a ese perfume y estaban contentos, y la mujer también, porque tenía una alfombra nueva y había comprado un pescado. Comieron el pescado crudo y el señor Ludo lo partió en trozos y puso la sangre en un baldecito. Después todos se lavaron, y en esa casa siempre se lavaban con agua y nunca con jabón.

Una vez salieron todos a caminar, uno detrás del otro, y llevaban bolsas chicas. El hijo menor tenía la bolsa más grande y era porque había agarrado un conejo de la conejera. Él había mirado la conejera y se había dicho:

–Hace mucho que nunca tengo un conejo.

Y entonces lo embolsó. Cuando iban caminando por la calle, abrió la bolsa para mirar el conejo y se le escapó, y no podía decirle al señor Ludo que su conejo se había escapado. Entonces, en puntas de pie, sin decir nada, se fue a buscar el conejo y se dijo:

–No voy a volver hasta que lo encuentre.

Y lo buscaba y no lo encontraba. Los otros hermanos no dijeron a su madre que el más chico se había ido y, como a una señal convenida, se fueron para el otro lado, sin hacer ruido. Al doblar, la madre se dio cuenta y se cubrió los ojos. Empezó a llorar y a gemir, y el señor Ludo, sin darse vuelta, le dijo:

–Usted también puede irse.

Y la madre se fue, y lloraba y gemía.

El señor Ludo se fue a su casa, perfumó todo y se puso a leer de día ese libro que solo leía de noche, y leyó mucho tiempo, y cuando llegó la noche, salió y llegó a una plaza. En un banco estaba sentado un hombre que leía el diario, y el señor Ludo se le sentó al lado. El hombre del diario lo miró y el señor Ludo le dijo:

–Pronto iremos a las montañas a combatir contra las tribus de los que llevan penachos. Yo soy legionario alpino.

–Ah, es legionario alpino –dijo el hombre del diario, y siguió leyendo.

–Allá todos los que amasan el pan sin levadura son mandados a Siberia –dijo el señor Ludo con orgullo.

Y el hombre del diario dijo:

–Ah, a Siberia. –Y siguió leyendo.

–Los moribundos están todos en un lugar, para tener el consuelo de los otros moribundos –dijo mirando a lo lejos.

–Claro –dijo el hombre del diario, y se fue.

Mucho tiempo se quedó el señor Ludo en el banco de la plaza y luego se fue a su casa caminando despacio y no decía a nadie que siguiera, ni que doblara las esquinas.

Cuando llegó a su casa sintió ruido adentro y pensó que a lo mejor había ladrones.

Un rato estuvo pensando si entraba, y por fin entró. Adentro estaba su hijo más chico, dormido al lado del conejo. Quiso sacarle el conejo con suavidad, y el conejo también estaba dormido. Cuando quiso sacarle el conejo, el chico se despertó y apretó el conejo contra sí, y después se durmió otra vez.

El señor Ludo leyó otra vez a la noche ese mismo libro de letras rojas que ya había leído a la tarde, y después avivó el fuego.

Agustina y su marido

Había en un pueblo una mujer que se llamaba Agustina. Ella tenía marido y todos los años renovaba la pluma de su sombrero verde y lustraba todas las cosas de bronce que encontraba. Y siempre los sábados comían berenjenas rellenas, los domingos conejo y los lunes tortilla. Los dos se ponían una servilleta grande y se daban vino, y nunca ninguno se servía su propio vino, sino que servía al otro. Entonces el marido preguntaba con atención:

–¿Qué decía?

–Decía que lo primero es la fe, después viene la esperanza y lo último es la templanza.

Y entonces ella pensaba un rato y decía:

–Sí, lo último es la templanza.

El marido asentía con la cabeza y después tomaban la sopa sin hablar.

Y siempre mataban las hormigas y nadie conocía más que ellos el mejor modo de matar hormigas, porque el vecino, que no sabía, usaba agua con jabón. Siempre dejaban limpio el inodoro y se ponían talco en los pies. Agustina todas las mañanas cortaba flores y se ponía una flor y le daba una flor a su marido, y después se limaba las uñas al sol y miraba el reloj. Cuando venía el lechero siempre se estaba limando las uñas, y cuando el lechero se iba, su marido arrancaba una hoja del almanaque y decía:

–Hoy está nublado.

O si no:

–Hoy es lindo día.

Después el marido se lavaba los dientes y se iba a su empleo, y mientras tanto la mujer picaba lechuga para el pájaro, lavaba las sábanas, que eran celestes, y ponía mosquiteros en el jamón, en las puertas y en las camas, para que no entraran moscas. Cuando llegaba la noche estaba cansada y se abanicaba con una pantalla que tenía pintado un hombre vestido de torero bailando con una mujer que tenía una flor en la cabeza. Y cuando su marido entraba, ella estaba sentada y se abanicaba.

Y esa noche tomaban sopa y el marido decía:

–Dijo que lo principal es la templanza. Se puede jugar al ping-pong y al ludo, pero no mucho tiempo para que no venga la mala fatiga.

Y entonces Agustina dijo:

–Muy bien.

Ellos no jugaban ni al ping-pong ni al ludo, y tampoco de chicos habían jugado, pero cuando iban a las fiestas de la señorita Canela todos tomaban naranjada y jugaban al ping-pong. Y el marido vio que había algunas personas amontonadas, y llamó a su mujer y le dijo:

–Miraremos. Están jugando al ludo.

Pero vieron que no era ludo, y un chico que jugaba les dijo que ese juego se llamaba "El rey atrapado". Agustina abrió los ojos muy grandes y preguntó:

–¿No es ludo?

Y entonces su marido dijo:

–No es ludo, pero es un juego muy parecido. Es casi como ludo.

–Ah –dijo ella, y después de un rato se fueron a su casa. El marido estaba pensativo y dijo:

–También se puede jugar al rey atrapado.

Agustina tenía una toalla de baño y el marido también tenía la suya, y en el borde tenían la inicial: había una "A" y una "C". Entonces una noche cuando habían terminado de cenar, Agustina le dijo a su marido con una sonrisa:

–Se han secado con mi toalla de baño.

Y el marido dijo:

–Esas toallas tienen las letras muy chicas. La letra "A" es muy parecida a la "C". Es fácil confundirse. Además, como están cerca, una es la primera y otra la tercera y es difícil que alguien no se confunda.

Entonces Agustina miró a su marido. Era calvo y siempre se espantaba las moscas con un pañuelo, y pensó distraída:

–Podría llevar un mosquitero en la cabeza.

Pero después se irguió y mientras revolvía batatas, dijo:

–Nunca nadie lleva mosquiteros en la cabeza.

Agustina estaba en la iglesia con su sombrero de pluma nueva y se abanicaba con una pantalla, pero no era esa que tenía un hombre vestido de torero bailando con una mujer que llevaba una flor en el pelo, porque la pantalla tenía un paisaje de la China. En la iglesia el padre decía:

–Lo primero es la fe, lo segundo, la esperanza, y lo tercero, la templanza. Lo segundo se deriva de lo primero; y lo tercero, de lo primero y lo segundo. Si falta lo primero, no existe lo segundo; pero si falta lo primero y lo segundo, lo tercero, hermanos, se muere. A veces faltan lo primero, lo segundo y lo tercero. Entonces nacen todas juntas, la fe, la esperanza y la templanza.

El marido de Agustina pensó que era un buen sermón y además era una iglesia muy fresca, como si tuviera una heladera adentro. Y el sermón era muy bueno.

Ellos recibían un diario a la mañana que se llamaba *Los deberes de la esposa*, y lo leían, y después lo usaban para envolver huevos, porque era un diario chico y tenía el tamaño justo. Mandaban huevos a los pobres y también a los parientes de la ciudad. Los parientes de la ciudad en cambio traían tortas y los pobres no traían nada, pero el marido de Agustina decía:

–Traen la fe, la esperanza y también la templanza.

Y Agustina decía:

–Claro.

Y después separaban huevos de un lado y de otro.

En la cocina había un horario que estaba debajo del reloj, y el horario decía:

1) Tomar leche hervida.

2) Descolgar los bichos canasto de las plantas.

3) Vigilar la plantación de arroz.

4) Leer en el libro que se llama *Fe, esperanza y templanza.*

5) Sacar toda la tierra.

6) Dormir (antes comer conejo si es domingo, y berenjenas si es sábado).

Y Agustina estaba muy cansada y no alcanzó a descolgar los bichos canasto de las plantas y entonces ese día lo borró del horario. Cuando vino su marido, no dijo nada. Era de noche y se fue a descolgar los bichos canasto. Después escribió muy despacio y claro en el horario:

"Descolgar los bichos canasto".

Y miró a su mujer y dijo:

–Ahora se puede dormir.

Y una vez que estaban matando hormigas y las hormigas se dispersaban y no sabían dónde esconderse, llegó una carta. Agustina la abrió, y en la carta decía que se había muerto su hijo que estaba en la guerra, porque una bala le había entrado por una oreja y le había salido por la otra. Agustina se sentó y leyó la carta otra vez, y después se la contó a su marido. Su marido dijo:

–Debemos leer en el libro.

Entonces Agustina se fue a buscar el libro, se lo dio a su marido y se le sentó enfrente. Su marido leyó:

–"Lo primero que se debe cuidar es la fe. Sin la fe nada se puede hacer."

Entonces Agustina no oía y miraba extraviada una hormiga, y la hormiga subía despacio y llevaba una hoja de carga. Su marido la miró fijamente y Agustina atendió.

–"Lo segundo es la esperanza y hay que saber esperar."

Entonces Agustina tenía ganas de llorar y se le caía una lágrima, y la miró, y después se la bebió. Era una lágrima salada y después vinieron otras y tuvo que sacar el pañuelo.

Cuando levantaba el pañuelo, el marido la miró y Agustina atendió otra vez.

–"Hay lágrimas buenas y lágrimas de cocodrilo. Debemos tener siempre de las buenas."

Entonces Agustina miró su pañuelo y estaba todo lleno de moco y de lágrimas, y pensó:

–No hay más lugar.

Y se lo guardó y pensó en lavarlo pronto. Entonces vio que su marido se paraba y miraba el horario, y decía:

–Esta noche toca comer conejo.

Un día les tocaba comer huevos fritos y el marido pensó que estaba fresco y era un buen día para comer huevos fritos. Agustina había cortado un pedazo redondo de zanahoria y lo había rodeado con un pedazo de cebolla redondo, para que pareciera huevo frito. El marido preguntó:

–¿Qué es esto?

–Son huevos fritos –dijo ella–: Hay que mojar el pan adentro. Mi pan sale empapado.

Él la miró y miró el pan de cerca: no era huevo frito, el pan salía seco. Entonces se fijó en todo: en el comedor y las cortinas. Y vio que al lado de la cortina había una cosa: el perro estaba detrás de un cajón de vino vacío, como si despachara, y sobre el cajón había platos chicos con papas fritas y maníes. Entonces él preguntó:

–¿Qué es eso?

Y ella dijo sonriendo:

–Eso es para después.

Entonces Agustina vio una mosca en la cabeza de su marido y dijo con pena:

–Hay una mosca. Voy a buscar el mosquitero.

Y sacó el mosquitero que cubría el jamón y lo puso con suavidad en la cabeza de su marido. El marido se lo sacó y la miró. Quiso mojar otra vez el pan en el huevo: no era huevo frito. Le quiso decir que no era, pero ella estaba en el comedor y picaba cuatro caramelos en pedacitos y hacía paquetes con un moño grande y los ponía en el mostrador del perro, y, cuando pasó al lado de su marido, le dijo por lo bajo:

–Para vender.

Entonces él dijo, mirándola a los ojos:

–Hoy tocaba huevos fritos.

–Ya has comido, pero ahora te voy a dar una sorpresa.

Entonces juntó bolitas de paraíso, que tienen pasa adentro, y aplastó todo bien; les puso sal y aceite, y empezó a comer con una sonrisa y se apenó porque su marido no comía. El perro seguía esperando detrás del mostrador de cajón, pero no se acordaban de él y se fueron a la iglesia. En la iglesia hacía algo de calor y Agustina se empezó a abanicar con la pantalla que tenía el hombre vestido de torero. Su marido miró la pantalla y miró a los costados, y todos estaban mirando la pantalla. Agustina se abanicaba mucho y el padre, que estaba hablando de la esperanza, también miró la pantalla, y el marido de Agustina quería irse del sermón, y nunca nadie se había ido del sermón. Cuando salieron, Agustina se abanicaba y se siguió abanicando por la calle y también en su casa. Y como el perro estaba dormido detrás del cajón, lo hizo saltar y cantaba, hasta que el perro se despertó y empezó a disparar de una punta a otra de la casa y tiró al suelo las toallas de baño. Ella lo secó con la toalla porque le pareció que estaba transpirado, y después se fue afuera, cortó una flor muy grande y se la puso a su marido en la solapa. Su marido dijo:

–Es de noche. No voy al empleo.

Y ella no hacía caso y no se fue a dormir, aunque el horario decía todos los días a esa hora: "Dormir".

Al día siguiente el marido dijo:

–Hoy es domingo.

–Sí –dijo Agustina.

–Hoy comemos conejo.

–Sí, hoy comemos conejo –dijo Agustina–. Hoy hay que lustrar los bronces. Están opacos.

–Debemos llevar huevos a los pobres –dijo el marido–. Los pobres traen la fe, la esperanza y la templanza.

–Claro –dijo Agustina.

Y ese día comieron conejo, lustraron los bronces y llevaron huevos a los pobres.

Dios, San Pedro y las almas

San Pedro les ponía notas a las almas, y las notas iban de 0 a 10. Una mujer que se tomaba la sopa de sus hijos se sacó un 1 y su hermana, que le había atravesado el ojo con una lanza al cobrador de gas, se sacó un 2. Se sacó un 3 un hombre que iba a caballo y había enlazado una cosa de noche que él creyó que era un avestruz y después resultó un hombre y como estaba muy apurado y el lazo no era fácil de sacar, lo siguió arrastrando mucho rato. Y se sacaron 4, 5, 6 y 7 los que se habían quedado dormidos al sol y no habían visto pasar al monstruo que devora las ciudades. El monstruo medía cincuenta metros y ellos ni siquiera hicieron una pared. La que se sacó 8 estaba siempre con los pobres y tocaba el acordeón con ellos, pero después el acordeón se le rompió y no compró otro. Y el que se sacó 9 se murió sin darse cuenta, cuando pensaba cómo se podía arreglar la regadera que no regaba. Entonces vino Dios y leyó en una lista y dijo:

–¿Cómo no están el 0 y el 10?

San Pedro los controló con el dedo y el 0 y el 10 no estaban allí.

Y Dios le empezó a preguntar a la que se había sacado 1:

–¿Por qué tomabas la sopa de tus hijos?

Y la mujer dijo:

–Yo no tengo hijos.

Pero la hermana que estaba presente dijo la verdad:

–Sí, tiene hijos.

Entonces Dios dijo:

–Esta mujer no es sana y por lo tanto no puede tener nota.

Y Dios le dijo a San Pedro que preparara té. San Pedro trajo una taza sola y Dios le dijo que preparara té para todos. San Pedro trajo muchas tazas y la mujer que se había tomado la sopa de sus hijos estaba afuera sentada al sol y se reía y mostraba los dientes. Se habían sentado todos en el suelo y Dios le dijo a la que se había sacado 2:

–¿Por qué le sacaste el ojo con una lanza al cobrador de gas?

Y la mujer dijo, bajando los ojos:

–Yo no sabía que era el cobrador, porque habían cambiado de cobrador.

Entonces Dios, que no había oído bien, preguntó:

–¿Cómo?

Y San Pedro le dijo al oído, haciendo pantalla en la mano:

–No sabía que era el cobrador de gas.

–Bueno –dijo Dios, y la mandó al rincón.

Y después San Pedro llamó al que se había sacado 3 y Dios le dijo:

–El lazo no es para matar, el lazo es para cazar.

Y el hombre dijo:

–Era muy de noche, Señor Dios, y era un hombre muy flaco y bajo que no gritaba ni nada.

Dios, que tenía la mirada pensativa, dijo:

–¿No gritaba? Eso es muy raro.

Revisaron en el libro y en el libro decía que no gritaba, pero que era un hombre. Seguramente debía ser un hombre mudo.

–Bueno –dijo Dios–, era de noche y el hombre no gritaba.

Y lo mandó al rincón.

San Pedro miró la lista y les preguntó a los otros:

–¿Y qué hacían durmiendo al sol? Las noches son para dormir y el día para trabajar.

Entonces uno dijo:

–Nunca había venido un monstruo, era el primer monstruo que venía.

Entonces Dios dijo:

–Yo lo mandé a propósito; era una prueba de fuego. Pero yo sé que ustedes trabajan de noche y duermen de día y por lo tanto, en cierto modo, se puede perdonar. Cuando vean otro monstruo otra vez, deben hacer una pared, ¿han comprendido?

Los cuatro hicieron que sí con la cabeza mientras tomaban otra taza de té, porque ya había pasado media hora, y Dios le preguntó a la mujer del acordeón:

–Has dejado tu acordeón en el gallinero y las gallinas lo han estropeado. ¿Eso es cosa de hacer?

La mujer dijo asustada:

–Fue en el apuro por socorrer a un hombre que se moría de sed.

–Si es así –dijo Dios–, un acordeón no importa en este mundo.

Y Dios miró con atención y le sonrió al que se había sacado 9, y le dijo:

–Te has sacado 9 y no 10. ¿Por qué no te has sacado 10?

–Yo no sabía que se podía sacar 10. Yo no sabía que ponían notas.

–En ese caso –dijo Dios–, toda la gente que no sabe no peca y vamos a tomar otra taza de té.

Y todos estaban sentados en el suelo y de repente se largó a llover; la mujer que estaba afuera se mojaba. San Pedro abrió la puerta y entró ella también. Le dieron una taza de té y todos tomaban té.

Gina

Yo estaba sintiendo últimamente una especie de fatiga que no sabía a qué atribuir. La atribuía sobre todo al trabajo. Pensaba y pensaba y no veía el modo de aligerarme. El trabajo de la casa me ocupaba una gran parte del tiempo, no porque quisiera tener la casa muy hermosa y limpia, sino porque era una casa grande, con jardín grande también y vieja, de esas casas con paredes altas que juntan muchas telarañas y con rincones llenos de zócalo desprendido. A veces venía un podador, pero no era suficiente. Dejaba todas las ramas que podaba en el suelo hasta que se pudrían y de tan podridas se hacían chiquitas. Yo las juntaba entonces con facilidad y las ponía en el cajón de la basura. "¿Cómo podré aliviarme de todo esto?", pensaba. "La casa es demasiado grande para mí, no doy abasto." Y una vez que estaba hojeando el diario se me ocurrió lo siguiente: "Voy a conseguir una muchacha. Eso es. Me va a ayudar a hacer un montón de cosas y a lo mejor también sabe cocinar. Le voy a enseñar a hacer pasteles con nueces, que, por otra parte, es lo único que sé hacer. Le voy a regalar todos mis vestidos viejos; todos, menos el vestido azul marino; ese, aunque sea viejo, lo voy a guardar". Tenía que ser una muchacha sin hijos, porque si hubiera habido chicos, habrían interrumpido el silencio, que conservaba desde hacía tanto tiempo. Pensando en esto último mandé poner enseguida un aviso en el diario local, quc decía así: "Se precisa muchacha soltera por todo el día con cama".

Cuando volví de poner el aviso me senté en el banco de afuera a comer un resto de panqueques con nueces que había quedado de la mañana. Me sobraron muchos y pensé: "También me va a servir de compañía; he estado muy sola este último tiempo". Y no era justamente que yo lo quisiera, sino que las cosas se dieron así y por mi parte no hacía nada por cambiarlas. Además hay que ver que hacía aproximadamente veinte años que vivía de esa manera, trabajando, dando algún paseo, no demasiado tarde, y luego volviendo otra vez a casa para ver si todo estaba en orden como corresponde.

Sin embargo no se puede decir que estuviera del todo sola, porque tenía un amigo, un hombre de edad, como yo, al que veía muy poco, unas tres veces al año, y entonces nos sentábamos en los bancos del jardín, leíamos el diario en compañía y hacíamos algún comentario sobre la marcha de las cosas en la política. A mí mi amigo me gustaba mucho y tal vez hubiera querido hablar de cosas que no solo fueran la marcha de las cosas en la política, pero no se daba así y recibía las cosas tal como venían. Pensé pues con alegría que la muchacha iba a ser una gran compañía y el haber llevado el aviso me puso contenta de tal manera, que cuando antes de irme a dormir le pasé el plumero al zócalo y saqué una gran cantidad de pared descascarada, me sorprendí cantando una cosa muy especial que yo creía que había olvidado y hacía mucho tiempo que no cantaba. Al darme cuenta me callé enseguida y abandoné el plumero. Me fui a dormir bien temprano.

Los días siguientes los pasé casi sin darme cuenta. Había recibido un trabajo largo, una especie de censo con planillas que ocupaban toda la mesita chica en que yo trabajaba. Tenía que atender demasiado para hacerlo perfectamente y cualquier ruido me distraía y me llenaba de malhumor. No podía soportar siquiera que los pájaros cantaran. Y menos todavía podía tolerar los ruidos que venían de la calle, aunque llegaban bastante atenuados. Estaba haciendo planillas, como dije, cuando sonó el timbre, y muy pocas veces sonaba el timbre en mi casa. Dejé rápido todo y fui a ver: me di cuenta de que era por el aviso del diario. Era una mujer gorda, con un rodete en la punta de la nuca, que ya no era una muchacha ni mucho menos. Sacudía la cabeza y junto con ella el rodete y tenía las manos sobre la falda. No era en realidad lo que yo esperaba. Además estaba de malhumor por las planillas y no creo que le haya puesto cara muy amable, porque entró un poco cohibida, miró la casa como si la estuviera por comprar, se asombró de lo largo del patio y además lo difícil que sería limpiar todo ese mosaico percudido, ya casi negro, y entonces hizo un movimiento de cabeza como de que no. Me parece que también añadió, aunque muy bajo:

–A mis años...

Y siguió mirando todo, incluso el gallinero, pero con desgano. Yo no hacía nada por convencerla y recorríamos toda la casa en silencio. Después de un rato dijo:

–Es muy grande.

Yo le dije:

–Sí, es muy grande.

Preguntó si había chicos y le dije que no. Se quedó pensativa y dijo que en todo caso contestaría, pero nunca más la vi. Volví a hacer las planillas con más rabia que antes, pero sin embargo la mujer que había venido me daba material para pensar: "¿Cómo", me decía, "si puse muchacha vino ella que no es muchacha?". Empecé a considerar la ternura que siente por sí misma la gente cuando es grande y sin embargo se sigue considerando muchacha. "Pero", pensé, "también es posible que no se haya fijado en eso: muchacha era simplemente un modo de decir, una expresión como otra cualquiera". En realidad en los avisos uno no se detiene en la imagen de lo que se menciona: ella leyó "se precisa muchacha" como si leyera "se precisa mujer". No hizo caso a la imagen de la muchacha. "Lo mismo pasa con los mozos", pensé. "Se dice se precisa muchacha como se dice se precisa mozo." Al mismo tiempo consideraba con cierta alegría que ella, que era dos o tres años mayor que yo, que ya había cumplido cuarenta y dos años, todavía se consideraba muchacha. Eso me daba una especie de vaga esperanza. Cuando estaba distraída en esas consideraciones hice un manchón de tinta tan grande en la planilla, que tapé toda una serie de datos muy importantes. No pude borrarlo ni con la goma ni con gillette; tenía miedo de romper la hoja y fui a comprar borratinta. Me llevó bastante tiempo conseguir el borratinta y cuando salí de la librería, vi que alguien tocaba el timbre de mi casa, alguien que estaba de espaldas a mí, por lo que no veía que yo me aproximaba. Era una muchacha que seguramente había venido por el aviso, aunque al verla de cerca dudé, porque tenía algo de audaz su aspecto: era como humilde y audaz al mismo tiempo. Se sorprendió al verme venir de la calle y yo me sentí un poco intimidada, como si esa no fuera en realidad mi casa y yo entrara por alguna confusión. Le pregunté:

–¿Viene por el aviso?

–Sí –dijo ella, y bajó la cabeza.

Tenía un pelo rubio que a primera vista no parecía nada, pero lo miré otra vez y vi que era precioso. Era un pelo un poco como pelusa, pero suave, como suelen tenerlo los chicos chicos. La cara me pareció que no tenía nada que llamara la atención, salvo que estaba un poco enrojecida. No me explico cómo no me di cuenta de que era linda. Quizá porque en el hablar y en el vestido y en su postura había algo que era lo que más me llamaba la atención: una especie de influencia de asilo o de colegio de monjas para chicas pobres, que se veía en el modo de sostener el chaleco en una mano y también en el modo de dirigirse. Además cuando habló vi que tenía esa pronunciación lenta y cortada, un poco ceceosa y recelosa que tienen los chicos de un asilo cercano de mi casa. Hablamos del pago y recorrimos todo, y no pareció impresionarle de ninguna manera: ni como grande ni como chico, ni como viejo ni como nuevo; conservaba el saquito apretado bajo el brazo y escondía un monedero. Como no había dicho nada me pareció que había aceptado y le señalé su cuarto, una piecita arriba que era bastante linda; tuve que indicarle varias veces el lugar porque no miraba; le ofrecí agua y jabón para lavarse por si estaba cansada; de paso quería averiguar si venía de lejos o de dónde venía. Pero no me dijo si quería agua o no y se fue a su cuarto. Entonces me puse a borrar el manchón de la planilla. Cuando me había puesto a trabajar de nuevo, me di cuenta de que algo pasaba: me volví y en el segundo escalón de la escalera estaba la muchacha mirándome. Sonrió y se puso algo roja y se fue ligero a su cuarto. En seguida sentí que apagaba la luz de su pieza.

Al día siguiente le mostré cómo quería yo que limpiara todas las cosas, dónde estaba el plumero, la pala, el trapo de piso y dónde debía poner la basura. Asentía con la cabeza a cada cosa que le mostraba, como cuando uno tiene muchos deseos de aprender y lo que se aprende son revelaciones. Después iba a buscar las cosas y se equivocaba; sonreía y yo me daba cuenta de que no sabía dónde estaban el plumero y la escoba. En todo ese tiempo no decía nada, pero luego, poco a poco, en vez de sonreír cuando buscaba el plumero, me preguntaba:

–¿Me podría decir dónde está el plumero?

Yo se lo decía cuantas veces me lo preguntaba. Mientras, hacía otra planilla más chica que la anterior; mirándola ir y venir usé la tinta azul en lugar de usar la roja y dije fuerte:

–¡Me equivoqué otra vez!

Lo dije con voz muy enojada y nerviosa. Ella debe de haber oído, porque dijo una cosa rarísima y con una voz también muy rara, bien recalcado el acento de asilo:

–La vida a veces da vuelta las cosas.

Yo me asombré de semejante dicho y esperé que después de eso viniera toda una serie de explicaciones de cómo la vida le había dado vuelta las cosas a ella, todo lleno de cuestiones enojosas sobre la muerte del padre enfermo o de hermanos chicos, etc. Pero no añadió nada a lo dicho y siguió pasando el plumero. Es decir, las cuestiones no habrían sido tan enojosas, porque yo, previendo la posibilidad de que las dijera y para ayudarla, dije a propósito:

–Sí, a todos nos pasa; la vida nos da vuelta las cosas.

Pero ella se sonrió apenas y no dijo nada. Vi que no tenía la cara tan colorada como el día de su llegada, se había mojado el pelo y lo tenía un poco pegado.

En seguida se dio vuelta y preguntó:

–¿Voy a limpiar el comedor?

–Bueno –le dije yo.

Pero ella, antes de escuchar mi respuesta, se había ido muy apurada a limpiar el comedor.

Esa vez tomó el desayuno antes de que yo me levantara, porque cuando me levanté, estaba ya con todos los instrumentos de limpieza en el paso. No bien me vio, me llamó y me dijo con ese tono misterioso de asilo:

–Hay tierra debajo de las camas. Debajo de los muebles también hay.

Yo en realidad sabía que había tierra, pero en general antes nunca me preocupaba. Y ella ahora me venía a recordar que había tierra debajo de las camas. No podía hacerme la desentendida y tenía que ver que me importaba. Entonces le dije:

–Sí, es necesario limpiar. Hace poco estuve de viaje.

Me disculpé así y eché una mirada para que viera cómo miraba yo la tierra y cómo era necesario sacarla. Cuando a la tarde fui a fijarme que todo estuviera más o menos en orden, me di cuenta de lo siguiente: había limpiado todo, pero la tierra que estaba bajo la cama y los muebles, a la que ella se había referido como tres veces, la había dejado tal cual. Fui a la otra pieza y todavía estaba con el plumero, pero debajo de la cama no limpiaba. Yo no quería darle a entender que ella había dicho que había tierra debajo de los muebles y que no la había limpiado, y para que la suciedad no quedara como una prueba la limpié yo, que hacía tanto tiempo que no hacía esos trabajos. Además me dio un poco de dolor de cintura. A la noche, cuando estábamos cenando, le pregunté cómo se llamaba. Entonces ella me dijo:

–Gina.

A mí me pareció muy exótico, porque Gina era el nombre de una actriz que estaba de moda en ese tiempo y era muy distinta de esa muchacha: Gina era sonriente, alegre y conversadora. Entonces pensé que posiblemente la muchacha quisiera que la llamasen Gina, pero que no se llamaba así, que a lo mejor se llamaba María, por ejemplo. Incluso a riesgo de parecer una persona mal educada, que se distrae cuando le dicen cosas importantes como lo es un nombre, le pregunté otra vez:

–¿Cómo se llama?

–Gina –me dijo con sencillez.

No tenía ningún documento para comprobar si se llamaba Gina o no, pero algo me aseguraba que no se llamaba así. Después yo siempre le decía Gina, pero con cierta desconfianza, y al mismo tiempo me reía a solas de eso; ella no parecía darse cuenta para nada y cuando la llamaba venía con seriedad.

Tenía un amigo, como dije, que me veía de vez en cuando. Llegaba siempre de sorpresa, más o menos a las once de la mañana. Esa vez vino algo más temprano porque había llevado a arreglar su reloj y estaba un poco distinto: me pareció más alto y con ropas más claras. Le conté que tenía una muchacha nueva que se llamaba Gina o que así lo aseguraba, y estuvimos hablando mucho rato de ella sin que apareciera. De repente vino y me propuse fijarme bien cómo actuaba con las visitas, porque desde que vino nunca habíamos recibido visitas. Me di cuenta con asombro de cómo se mostraba amable con mi visita, y mi amigo me miraba como preguntando por qué había dicho yo todas esas cosas. Conmigo también era amable, pero con una amabilidad genérica, y hasta me pareció que su voz de asilo había cambiado. Conversábamos con mi amigo animadamente de cosas de la política, y ella escuchaba. De repente se sentó en una sillita más baja y se quedó escuchando en silencio. Mi amigo estaba hablando de alguien que se había arriesgado inútilmente por una causa y de repente oigo que ella dice esto:

-Todo comedido sale mal.

Y durante toda la conversación dijo cosas ambiguas, que en realidad no se destacaban mucho pero no se podía decir que fueran disparates; a lo sumo un poco tontas, pero solo un poco. Mi amigo asentía sonriendo a sus frases y la cara de Gina se iba poniendo rosada, de un color bastante agradable. Entonces fue cuando descubrí que era linda. Su pelo era lindo, su cara también era linda, solo que un poco diluida. Cuando fueron las once dijo que estaba cansada y que deseaba retirarse, si podía hacerlo; le dije que sí, y vi la luz encendida y sentí pasos hasta tarde. Mi amigo comentó que esa muchacha tenía un sentido común saludable, que debía ser de raza aldeana. Y después mencionó lo saludable de la intervención de la raza aldeana en la política. Dijo también que le gustaba esa conversación que habíamos tenido esa noche, y en la que también había participado el pueblo. Yo asentí y seguimos hablando de Gina mucho rato, hasta que se nos hicieron las tres de la madrugada. Mi amigo recordó de pronto que tendría que haber pensado en su reloj, pero ya era demasiado tarde. Prometí retirárselo y se fue con ánimo contento pero muy apurado.

Hacía tiempo que lo pasábamos bastante bien, si se quiere con poco trabajo, cuando yo le dije:

–Hoy vamos a encerar los pisos.

En seguida compró cera, una cera que a mí no me gustaba porque era muy colorada, pero no le dije nada. Se arrodilló en el suelo y con un trapo viejo se puso a encerar con tanta energía que se sentía fuerte el ruido del trapo. Trabajaba sin descansar y cuando me acerqué a ver cómo iba, se puso de pie como esperando algo, pero no me dijo nada. Cuando me iba a la otra pieza me preguntó con voz grave:

–¿Quién es el caballero?

Yo tardé en responder, y dije después de un rato:

–Es mi amigo.

Parece que eso le bastó, porque siguió encerando con igual energía y otra vez se sintió el ruido del trapo.

A las once de la mañana cayó mi amigo, que desconfiaba de que yo le retirase su reloj y lo venía a buscar. Cuando la vio encerando, arrodillada en el piso, dijo:

–¡Pero esos son métodos antiguos! En seguida vamos a mejorar esto.

Entonces fue cerca, donde vendían máquinas eléctricas, y pidió a su dueño (porque era amigo del dueño) una máquina prestada para probar. Vino con la máquina de encerar, le enseñó cómo se enceraba con la máquina y la muchacha no aprendía; así que él solo enceró casi toda la casa. Se secaba el sudor, pero estaba contento y dijo:

–El tiempo que nos queda lo vamos a aprovechar. ¿En qué lo podemos emplear? Ya sé, vamos a jugar a las cartas.

Y sacó un mazo de cartas y con una agilidad sorprendente las repartió en grupos chicos sobre la mesa. Le preguntó a la muchacha:

–¿Sabe jugar a las cartas?

–No sé –dijo ella y se puso roja.

Yo sabía jugar a las cartas, pero muy poco; en general me distraía; al rato me aburría y me daba lo mismo poner una carta que otra, pero muy de tarde en tarde jugaba, sobre todo al solitario. Mi amigo le empezó a explicar cómo se jugaba y ella escuchaba con tanta atención como si se tratara de una cuestión de vida o muerte; pero igual no se daba cuenta, se ponía roja y después se sonreía. De todos modos empezamos a jugar a las cartas y mi amigo actuaba como director de juego, porque sabía jugar y además le interesaba. Entonces dijo que como ella recién aprendía, iban a jugar de compañeros contra mí; demás está decir que me ganaron todos los partidos, pero él jugaba por ella y le decía lo que debía tirar; jugábamos a la escoba y debíamos sumar quince. Le indicaba cómo podía hacer quince puntos y ella se mostraba complacida como ante una perspectiva vital nueva. Después que me ganaron así, mi amigo dijo que de esa manera no prestaba interés al juego porque era desparejo; íbamos a jugar de otra forma, yo sola contra ella sola. Cuando dijo eso, Gina pareció reaccionar tardíamente, porque dijo con voz triunfante:

–Le ganamos.

Me sorprendí porque llegaba tarde la aseveración y mi amigo dijo:

–Claro. Ahora también le podemos ganar.

Entonces se puso detrás de ella y le indicaba todo lo que debía tirar y cuando no aprendía le decía: "Tiene que ejercitarse, tiene que ejercitarse". Y ella sonreía y tiraba con atención. Para mí había llegado el momento en que tiraba cualquier carta y empezaba a bostezar. Dije sonriendo:

–Estoy cansada. Ya debe ser hora de dormir.

Se nos había hecho muy tarde y mi amigo prometió volver pronto, lo que me pareció bien pero inusitado. Cuando se fue, Gina cerró el portón, se fijó que las puertas interiores estuvieran cerradas y antes de irse a dormir, al preguntarme qué carne debía comprar para el día siguiente, dijo:

–Otra vez puede ganar usted.

–Espero –le dije sonriendo–, pero ya es hora de dormir.

Todo febrero fue lluvioso; no se podía salir sino con botas, había demasiado barro y lo pasamos casi todo el tiempo adentro. Una tarde que me levanté de la siesta, la encontré a Gina con todas las barajas sobre la mesa.

–¿Qué estás haciendo? –le pregunté.

–Quiero hacer un solitario –me dijo–, pero no sé...

En rigor, no me pidió que le enseñara, pero yo le enseñé; aprendió con bastante facilidad, posiblemente por sus anteriores experiencias en el juego de la escoba. Desde esa vez, cuando yo dormía la siesta se lo pasaba haciendo solitarios y una vez que me levanté y que llovía como de costumbre, lo veo a mi amigo indicándole cómo debía hacerlo. Se quedó extrañado de los progresos que había hecho y abrió una botella de vino que llevaba y todos tomamos vino. Brindamos y no recuerdo bien por qué cosa brindamos, pero el ambiente estaba bastante contento, aunque yo tenía un poco de dolor de cintura. Como se hacía agudo, y yo no quería decir justo en ese momento que me dolía la cintura, me fui al banco del patio y allí me quedé un rato largo. Cuando volví todavía estaban hablando y riéndose, y dije:

–Estoy un poco cansada. Me voy a dormir.

Les dije con amabilidad:

–Pongan todo en orden.

Y mi amigo respondió por los dos:

–Pierda cuidado. Buenas noches y que descanse bien.

Tardamos un ratito en despedirnos y en recomendaciones. Me quedé en mi cuarto pero no me dormí; mi dolor de cintura no me lo permitía.

A partir de ese día todas las tardes Gina me pidió permiso para salir después de las seis; creo que aunque se lo hubiera negado habría salido igual. Se iba con su chaleco en la mano, pero ya no del modo rígido de la primera vez, sino con más soltura. Lo llevaba apoyado en su brazo con negligencia, o en el hombro; incluso una vez vi cómo se lo cruzaba en la espalda, como lo llevan los deportistas jóvenes. Ahora se ponía polvo y se había comprado guantes de goma. Eran unos guantes enormes que debían ser hechos para una señora monstruosa, pero ella estaba convencida de la utilidad de los guantes. Una tarde en que Gina terminaba de hacer su acostumbrado solitario, me dijo en un tono que quería ser indiferente, pero que tenía algo de la gravedad del asilo:

–Me voy a casar.

–Me parece bien –dije–, me parece muy bien.

Se sonrojó y se sonrió como de costumbre cuando le dije eso. Después de un silencio dijo:

–Vamos a alquilar una casa. El casado casa quiere.

–Me parece bien –volví a decir.

Y ella no dijo más nada.

Y así fue: Gina se casó justamente con mi amigo y se fue a vivir a la casa que alquilaron, que quedaba en un pueblo vecino. Mientras tanto, yo que me acuerdo de todo esto me olvido de lo principal: debo conseguir otra muchacha porque el trabajo se me hace muy agotador.

El viejo

“No es que no dé el asiento porque sea egoísta”, me dije. “Dar el asiento implica un gran cambio de posición: estoy sentado, de repente me paro, vuelvo a acomodar mi diario otra vez, o acomodarme al diario nuevamente. Mientras tanto todos me van a mirar. Voy a seguir sentado.”

El que esperaba asiento era un viejo con un sombrero negro redondo, de esos que ya no se usan. Llevaba un zapato y una zapatilla, lo que no parecía incomodarlo. Cuando vi el zapato y la zapatilla pensé que realmente le dolerían los pies y le di el asiento; tuve tentación de correrme al pasillo para alejarme un poco del viejo, por si era demasiado agradecido; pero no había tal cosa y se sentó con un pequeño suspiro. Además no era solo por si el viejo era demasiado agradecido: quería mirarlo y no acababa de entender por qué llevaba un zapato y una zapatilla; pensaba que alguien que fuese vestido de ese modo tendría constantemente presente su oprobio, pero no pasaba nada de eso; miraba las casas que se veían por la ventana del tren y una vez miró con cierta atención una obra en construcción, con aire de miope. Cuando se encendieron las luces del tren para atravesar el túnel, todos se levantaron para bajar y el viejo seguía sentado y yo de pie a su lado. Como vi que no se levantaba, le di un golpecito suave en el hombro y le dije:

–Llegamos.

–Ah, sí –dijo moviendo visiblemente la cabeza al responder, como si llegar no significara nada. Se dispuso a levantarse y vi que no podía: lo hacía con mucha dificultad. Se apoyó en mi brazo, pero aferrándome por el codo; mejor dicho, me tiraba de la manga; la verdad es que no me gustó que me tirara de la manga y lo llevé yo del brazo agarrándolo con fuerza. Caminaba a pasitos cortísimos y me dije: "Lo dejo en el subterráneo y después me voy". Pero yo también tenía que ir al subterráneo y le pregunté:

–¿Sufre de los pies?

–Del corazón.

Me lo dijo sin mirarme, con la cabeza medio agachada. Entonces me puse a considerar si el viejo tenía algo de hermoso, si llevaba un hermoso sombrero, por ejemplo, o tan siquiera si la mañana, por ser lunes, era hermosa. Y me pregunté por qué tendría que ser así. Sería porque todo lo que me sucede a mí debe tener cierto viso de hermosura. Miré al viejo y algo me dijo que lo que se me ocurría era tonto y sin sentido y entonces pensé al mismo tiempo dos cosas: en lo triste de la vida y del sistema social, que permiten que un pobre viejo enfermo del corazón tenga un zapato y una zapatilla, y también pensé con disgusto: "¿Por qué me tiró de la manga? Además tiene el cuello todo transpirado y con esas rayas finitas que se le forman a los pelados en el cuello, de donde parece que viniera mal olor". Cuando bajamos del subterráneo quise encomendárselo a alguien y le pregunté adónde iba.

–Al ministerio –dijo.

Le pregunté cuál ministerio y no sabía decirme: señalaba insistentemente con un dedo temblón un lugar vago.

Antes de bajar una escalera que me pareció que iba a dar muchísimo trabajo hacerle bajar, le dije:

–Espéreme aquí, que voy a preguntar dónde queda el ministerio.

Yo iba con aire solícito, con aire de transeúnte compasivo, y vi cómo me observaba como si lo fuera. Me sentí muy activo cuando atravesaba la escalera, pero al llegar abajo me dije: "¿Cómo pregunto dónde queda el ministerio? Me van a hacer precisar cuál, no puedo señalar con el dedo como el viejo". Me asusté pero traté de ser otra vez un transeúnte solícito y le pregunté al empleado, con aire de complicidad y señalando al viejo que estaba solo en lo alto de la escalera y no trataba de bajarla:

–Perdón, el "señor" debe ir al ministerio y no sabe a cuál, podría...

–Ah, sí –dijo el hombre, y me dio la dirección.

¿Cómo sabía el empleado a qué ministerio iba? Ni siquiera dudó ni se asombró. Yo sí, y me puse a pensar en eso, porque otras veces me había pasado: la gente sabía cosas que parecía imposible que supiera, como ahora, la relación que había entre un ministerio y ese viejo. Pero no seguí considerando ese asunto porque lo vi al viejo arriba; me apresuré a ir a su encuentro, otra vez solícito, y pensé: "No sea que alguno...". ¿Que alguno qué? ¿Que alguno se ofreciera a acompañarlo? ¿Y entonces? ¿Acaso tenía yo la primacía? Pero no se acercó nadie y bajamos muy despacio la escalera. En una de esas le dije:

–Hace mucho calor.

–Ah, sí –dijo.

Pero parecía que el calor no lo importunaba. Antes de terminar nosotros de bajar la escalera, montones de gente la habían recorrido de ida y vuelta; salimos a una plaza muy grande, con un estanque en el medio. Otra vez el viejo me tomó por el codo y sin decirme nada me llevó hasta un banco. Supuse que estaría cansado, aunque podría haberlo dicho. Le pregunté:

–¿No íbamos al ministerio?

–Ah, sí –dijo.

No habló más. La gente que pasaba nos miraba y yo me decía: "¿Se pensarán que es mi pariente?". Y descubrí que no quería que pensaran que era pariente mío; por otra parte creo que no había problema, yo lo miraba con cara de transeúnte solícito y con demasiada consideración para que pudiera ser pariente. "Además", me dije, "no tiene cara de ser pariente de nadie; por lo menos yo nunca vi uno así". Eso me consoló y le pregunté con amabilidad:

–¿Usted es jubilado?

Entonces la cara se le iluminó y dijo:

–Sí, sí, jubilado.

Yo sospeché, porque me pareció que mi pregunta le proporcionaba una respuesta que lo justificaba y pensé que no era jubilado; que a lo mejor cuando joven había sido haragán; pero eso en realidad no podría habérselo preguntado, aunque algo me decía que de haberlo hecho, hubiera gozado de toda impunidad; seguramente el viejo no hubiera hecho caso de la pregunta.

–Bueno –le dije–, ahora tenemos que ir. El ministerio está muy cerca.

–Sí –dijo, y se levantó. Entonces me di cuenta por qué cualquier cosa que le hubiera dicho hubiera gozado de impunidad: desconfiaba tanto de todo, que se confiaba en cualquiera y por eso tiraba de la manga. Sentí su mano en la manga como una corroboración de lo que había pensado y nos fuimos camino del ministerio.

Allí, delante de nosotros, estaba el ministerio; enseguida se me hizo presente por dentro: todo renovado, las paredes con mármol brillante, los bancos para esperar y los empleados con sus corbatas tan elegantes. ¿Qué íbamos a hacer nosotros al ministerio? Yo no lo sabía y pensé que era mejor preguntárselo, porque él no iba a saber qué decir. No es que el tipo de cosa que se dice en el ministerio fuera mi fuerte, pero podría decirlo mejor que él, que tenía las manos un poco temblonas. Le pregunté:

–¿Qué vamos a hacer al ministerio?

No contestó y siempre con las manos un poco temblonas sacó un papel viejo y muy plegado, pero se veía que lo consideraba valioso: no lo había arrugado para nada. Leí y vi que decía: "Viuda de Laguna", y algo más, de lo que no entendí absolutamente nada. ¿Qué se podría hacer con eso y para qué serviría? Me rompía la cabeza pensando qué seguiría a continuación. Al final, harto, me puse a pensar tonterías: "La viuda de Laguna se cayó de la cuna". Me reí pero después pensé si no sería improcedente. Entramos al ministerio y ahí el viejo empezó a caminar más ligero, como si hubiera recibido fuerzas nuevas; tocó a uno de esos empleados de corbata elegante y le dijo:

–Toranzelli.

–No está más ese abogado –dijo el empleado–. Ahora está el abogado Rodríguez.

Me admiré de que a pesar de su corbata elegante, lo tratara al viejo con cierta deferencia; entonces me reproché no haber querido ser pariente del viejo y pensé que yo también podría tratarlo con consideración.

–Debe volver el martes –le dijo.

El viejo hizo pantalla con la mano para oír mejor y el empleado le repitió:

–El martes.

Yo pensé, entonces: "Bueno, ahora me voy. Ahora llamo una ambulancia, que lo lleve y me vuelvo". "Eso es ecuanimidad", me dije. "Sí, eso es."

No bien salí a la calle, dejando al viejo sentado en un banco (por otra parte no lo inmutaba en lo más mínimo que yo me fuera o me quedara), lo primero que vi en la calle fue la ambulancia. "¿Será posible? ¿Tendrá que ver esta ambulancia con la que yo busco?", me pregunté. "¿No será que el empleado, como a veces sabe cosas tan misteriosas, la mandó llamar para el viejo y no me dijo nada?" Era una idea bastante estúpida. Saqué al viejo a la calle y nos acercamos tímidamente a la ambulancia; había un hombre y una muchacha, y el hombre bromeaba con la muchacha y ella coqueteaba. Dijo:

–Debemos cargar nafta.

Y se fueron a toda velocidad; el viejo no se dio cuenta de nada y, en silencio, me dispuse a acompañarlo.

Era muy tarde cuando volvíamos; no pasaban casi colectivos; yo estaba distraído a su lado mirándolo todo cuando noté vagamente que se llevaba la mano al pecho. Lo vi pero no hice caso; como dije, estaba medio abstraído y no me pareció que significara nada, pero se llevó otra vez la mano al pecho y entonces me sobresalté. Era una particularidad mía no saber cuándo a alguien le duele algo y podía pasar dos días al lado de otro que tuviera cara de dolor de cualquier cosa y de cualquier clase y no me daba cuenta, pero si me lo decían, enseguida me hacía cargo; solo pedía, en realidad, que me lo dijeran. Pero mi madre hacía notar secamente: "No es necesario decirlo".

Le pregunté:

–¿Le duele algo?

Se señaló otra vez el pecho y vi que respiraba con dificultad; tomamos un auto y lo llevé hasta su casa. En todo el camino no habló nada, solo me dijo la dirección. Cuando bajamos le pregunté:

–¿Cómo se siente?

Y me hizo un gesto con la mano como cuando uno espanta las gallinas o aparta a algún curioso; el gesto fue bastante impaciente. Noté, sin embargo, que al acercarse a su casa y sobre todo al abrir la puerta (él solo la abrió) su paso se hacía más rápido y más seguro; no caminaba tan encorvado. Eso, por otra parte, ya lo había observado en el ministerio cuando preguntó por su abogado. Me pidió que le pusiera a calentar agua y así lo hice; no le pregunté para qué. Le dije:

–Le voy a hacer una friega.

En rigor, yo dudaba de la eficacia de las friegas; las había visto hacer y una vez, cuando era muy chico, observé con asombro que la carne y la piel seguían exactamente igual después de la friega y no tenían ni otro color ni otro vigor; a pesar de lo cual, los grandes decían: "Ahora se va a sentir mucho mejor". Pero era el único remedio que sabía hacer. Le saqué el sombrero negro, que tenía olor a antiguo, y empecé a fregar. A cada ratito le preguntaba:

–¿Mejora?

Y movía algo la cabeza, por lo que supongo quería decir que sí. Cuando hacía más o menos diez minutos que lo fregaba, hizo un gesto de fastidio con la mano como diciendo: "¡A qué tanta friega!". Por lo cual lo dejé y me dispuse a irme. Cuando me iba, me llamó y me dijo una frase completa por primera vez desde que lo conocía:

–No tengo vecinos. No puedo llamar al médico. Quédese.

En realidad, yo vivía solo, no tenía nadie a quien avisar y por ese lado no era molestia quedarme, pero sin embargo sentía cierta inquietud y no sabía por qué; a cada rato iba a mirar por la ventana, miraba los árboles, el cielo y las casas. En una de esas me di vuelta y vi lo siguiente: se había preparado agua para hacerse un baño de pies y le ponía mucha mostaza. Yo pensé, malignamente: "Sufre de los pies, como ya me parecía y no me lo dijo". Entonces le pregunté:

–¿Sufre de los pies?

–Del corazón.

–¿No será del corazón y también de los pies?

No me respondió. Estaba pensativo, haciéndose el baño de pies, y la agitación se le había pasado. Ya amanecía, y me preparé para irme; me tomó por la manga del saco y me dijo:

–El martes.

–¿El martes qué?

–El ministerio.

Y me dio el papel sucio en que decía "Viuda de Laguna" para que fuera.

–Con esto no voy –dije.

En mi vida había hecho una cosa así, ir a un lugar como el ministerio con un papel de esa clase. Con ese papel no iba a ir por nada. Le dije que me explicara el asunto y yo se lo transmitiría al abogado. No me dijo nada y me puso el papel en el bolsillo. Me fui enojado y le dije a propósito con un poco de voz de enojo:

–Buenas noches.

Levantó la mano en señal de saludo y, mientras, chapoteaba en el agua.

Anduve con ese asqueroso papel de la viuda de Laguna toda la mañana. De repente, iba caminando lo más tranquilo, cuando me acordaba de algo: tocaba el papel y sacaba ligero la mano como si hubiera tocado un sapo. Por un momento pensé: "Lo voy a tirar, lo voy a romper en ochenta pedazos". Enseguida comprendí que no podía tirarlo, no era un papel mío; y a pesar de haber dicho que no iba, a la tarde fui al ministerio, me senté en el último rincón, humillado, encogido, y cuando pasó el empleado de la corbata elegante le pregunté si estaba el abogado. El abogado para sorpresa mía estaba y me hicieron pasar bastante ligero. Traté de asumir el aire más impersonal posible y me recordaba a mí mismo que era culto, que era universitario. Pero pensé tristemente que por más universitario que fuera, con ese papel sucio... El momento de sacar el papel resultó del todo imprevisto: lo saqué sin darme cuenta, pero me puse colorado cuando se lo entregué. Lo miró con naturalidad, me lo devolvió y dijo:

–Esto es posible que demore un poco.

Yo le agradecí aunque demorara un año, porque secretamente esperaba que me dijera: "¿De dónde sacó ese ridículo papel?" y que me empezara a examinar. Pero no añadió más nada; me saludó con cierta amabilidad y salí de ahí ligero, porque precisaba tomar aire. Me senté una hora en un banco de plaza; realmente precisaba aire; miré alrededor y todo lo que vi me pareció muy hermoso, pero demasiado ajeno, y tuve tentación de acostarme en ese banco y quedarme acostado mucho tiempo sin pensar en nada; pero no lo hice; ahora pienso que posiblemente debería haberlo hecho. En cambio, me dije: "Creí que todo iba a ser más complicado; en realidad fue bastante simple; tan simple que casi no me di cuenta cuando le mostré el papel". Luego pensé: "Ahora debo ir a informarle", y me dio mal humor, aunque no era precisamente mal humor, eran unas ganas tranquilas de maldecir. Empezaba a decir: "Maldito sea..." y después no continuaba, esperaba que alguien me viniera a decir quién era el maldito. Y decía otra vez: "Maldito sea..." y ahí me callaba. Empecé a mirar todo y dije: "Maldito sea el cielo". Pero después me pareció mal y me apuré a decir: "Era solo un juego". Entonces me iluminé y dije varias veces: "Maldito sea ese papel". Eso me puso contento, pero después pensé: "Si maldigo el papel, ¿cómo voy a hacer los trámites? ¿En realidad deseo que se hagan los trámites?". No quise contestarme esa pregunta y procuré distraerme, mirando otra vez todo, pero no me interesaba nada y entonces sí que me sentí mal; me sentí como cuando uno se desayuna y sabe que nada más hay después del desayuno que valga la pena, y que para eso es necesario demorarse, comer muchas cosas y leer el diario. Yo no podía buscar ahora ninguna escapatoria, como cuando me desayunaba, pero de pronto pensé tristemente: "Voy a comprar una torta. Voy a comprar una torta y la vamos a comer juntos. Así vamos a olvidarnos de ese asqueroso papel". Dije "vamos a olvidarnos" sin pensar que el viejo no tenía nada que olvidar: el papel le parecía perfectamente en regla. Traté de ponerme alegre cuando la fui a comprar y elegí una con mucha crema y mucho chocolate, y si el viejo tenía vino (también malignamente estaba seguro de que el viejo tendría vino) podríamos comerla juntos. Tardé bastante en informarme de las gestiones y dejé la torta dos días en mi casa antes de llevarla; hasta que una tarde, abriendo el armario me encontré con la torta (no precisaba abrir el armario, sabía que estaba allí) y dije: "Esta torta se va a poner muy vieja" y entonces la llevé. Lo informé de las gestiones y desenvolví la torta; el viejo estaba contento, sacó un cuchillo grande y cortaba porciones muy grandes; cortó la mitad y la otra mitad la guardó en el armario. Se puso a comer muy ligero y yo no tenía nada de ganas de comer y no podía evitar pensar: "Sí, sí, está enfermo del corazón pero el pastel se lo come". Repetía yo así una reflexión que siempre me había parecido indignante y que hacía mi madre cuando era chico, cuando me sentía enfermo y no podía afrontar una cosa determinada:

–Sí, para eso estás enfermo, pero...

Entonces ni siquiera el pastel me bastó; ni un diario me hubiera bastado, y tuve la necesidad imperiosa de dejar de mirar al viejo que comía su pastel. Me quedé sentado unos cinco minutos, sin mirar a ninguna parte, y de repente me levanté y me fui. Cuando salí a la calle y metí sin querer la mano en el bolsillo, noté que me había olvidado de darle el papel de la viuda de Laguna.

Ahora todas las noches le iba a informar de los trámites que hacía durante el día en el ministerio; le repetía las cosas varias veces, porque con frecuencia no entendía; cuando entendía solía enojarse; quería que todo marchara rápido y no se daba cuenta de los inconvenientes que hay en todo trámite. Mientras yo estaba, todas las noches se daba un baño de pies con mostaza y había empezado a tutearme; es decir, me había tuteado las dos o tres veces en que se dirigió a mí, aunque nunca me llamó por mi nombre; es más, creo que nunca me lo preguntó. Una noche, en la que yo había tardado más que de costumbre, me esperó sentado afuera; sus ojos celestes me miraron bien fijo, cosa que rara vez pasaba. Estaba evidentemente enojado; más que enojado, indignado. Me dijo:

–¿Por qué tan tarde? Me vas a hacer morir de un ataque al corazón.

Lo miré consternado y me senté a pensar. Indudablemente precisaba pensar y me dije: "Esto puedo tomarlo de dos maneras: o asumo la posibilidad de mi culpa ante su ataque al corazón y eso significa una gran responsabilidad (aunque no me sentía nada culpable) o lo tomo irónicamente". Digo: "Sí, sí, vos decís que te vas a morir del corazón pero...". "Queda el término medio", me dije casi sin aliento y noté que me saltaban las lágrimas sin que yo lo quisiera. "Queda el término medio. Puedo pensar que estás ofuscado, que dentro de dos días se te va a pasar; que te puede dar, sí, una ligera molestia al corazón pero no un ataque." Sin embargo, la simple palabra "ataque" me llenaba de terror. No le dije nada. Aparté la cara para que no me viera llorar y me fui al fondo. No podía quedarme más tiempo adentro.

No me fui de su casa; obstinado, me quedé en un rincón y me decía: "Me voy a poner a espiar. Me voy a poner a acechar". Qué cosa iba a acechar no sé; pero ahí, sentado en un rincón, descubrí que el viejo era amigo de unos vecinos que estaban en el fondo, detrás del gallinero, y por eso yo no los había visto. Era amigo de uno de esos hombres que vivían en una casa de madera; con él se pasaban el diario y cuando hacía buen tiempo se iban al almacén de la esquina y se quedaban charlando en la puerta. No recuerdo qué comí en todo ese tiempo; recuerdo solo eso que conté y que una vez que el viejo parecía sorprendido al ver que yo estaba sentado y muy quieto, me dijo una cosa rarísima, completamente desusada en él:

–¿No vas a tomar un poco de aire?

Yo no le contesté. Y seguí sin moverme de allí por tres o cuatro días más. Pensaba casi todo el tiempo en eso de los vecinos. Una tarde que el viejo se estaba dando un baño de pies y yo estaba sentado silencioso enfrente, le dije:

–Bueno, me voy.

–Bueno –dijo el viejo–, volvé pronto.

Y así fue. Voy a visitarlo siempre, casi todos los días; a veces le llevo alguna cosa. El otro día, me enteré de que le dijo al vecino, ese con el que charla en la puerta del almacén:

–Mi hijo me viene a visitar muy a menudo. Hay que ver lo instruido que es.

El tío y la sobrina

Tenía unos tíos que vivían bastante lejos, en Casilda. En casa hablaban siempre de ellos y pronto los iba a visitar. Y decían que mi tía había tenido muchos sufrimientos con su primer marido y ahora estaba casada con mi tío, que era su segundo marido, pero eso no había que mencionarlo delante de ellos. También decían que mi tío había envejecido mucho últimamente y que prácticamente era una sombra y que mi tía, a pesar de los grandes sufrimientos que había padecido, estaba el doble de gorda, y era una persona abnegada porque le hacía todas las fricciones necesarias a mi tío y se quedaba despierta hasta tarde de noche porque él estaba enfermo de los pulmones. Y también había oído decir, una tarde de verano a la hora de la siesta: "¿Antes, en esa casa? Uno entraba a las habitaciones y el sombrero en el perchero, la servilleta en las rodillas y ni una mosca. Ahora, en cambio...".

Tardé en darme cuenta de cómo sería todo: el sombrero en las rodillas... no; lo sabía perfectamente: el sombrero en el perchero y ni una mosca; estaba simplemente retardando el "ahora" porque me oprimía. ¿Qué había ahora? ¿Qué harían ahí todas las moscas, montones de moscas sobre la mesa y por el aire? ¿Y no estaría cansada mi tía, a pesar de ser tan abnegada, y se habría quedado acostada y como era demasiado gorda no se podía levantar? Y pronto yo iba a ir allí y mi madre me decía:

–Si preguntan cómo estamos de finanzas, decí que estamos bien.

–Sí –le dije.

–Y no pidas ni un peso. Ni aceptes aunque te los den.

–Bueno –dije.

Era un consejo de práctica, ya lo había oído muchas veces; pero lo dijo con cara demasiado rara. ¿Por qué no me van a dar plata? ¿La tendrán que gastar en inyecciones? Y si me la dan, ¿por qué no la voy a aceptar? Porque se podrían ofender, pensando que yo no la tomo porque pienso que son pobres. Y me dijo que dijera que andábamos bien de finanzas. ¿Para qué? Si somos más ricos que ellos, eso era indudablemente jactancia, y si somos más pobres, ¿por qué habría peligro de que ellos nos den y nosotros seamos orgullosos? No le pregunté a mi madre a pesar de que siempre quería saber si éramos pobres o ricos, pero nunca recibí una respuesta precisa y me di cuenta de que tampoco esa vez iba a conseguir nada. Los dos días antes de irme estuve pensando en todo lo que se vinculaba con ellos. No me habían recomendado que tuviera cuidado al comer y que no comiera ligero. ¿Por qué eso no? ¿Por qué tampoco que llevara para mostrar las notas altas que me había sacado? Pero eso lo iba a llevar yo por mi cuenta; iba a juntar todas las pruebas con las notas más altas y se las iba a mostrar alguna tarde. Pero lo raro era que no me lo hubieran sugerido.

–¿No llevo nada para salir?

–Es raro que vayas a salir.

–Llevo una pelota para jugar.

–Sí, sí.

No tanto sí, me dije, que aquella vez no me la dejaste llevar. Además me dijo que sí, como si no importara nada que la llevara o no, es decir, se me daba la libertad de llevarla pero tenía su precio: me la dejaban llevar del mismo modo que no me pegarían si me manchara, por ejemplo, porque había asuntos más importantes que tratar. Era la primera vez que salía así, con valija, lejos, y yo misma me la hice. Pregunté:

–¿Llevo perfume?

Y me contestó distraídamente:

–¿Perfume? No.

–Bueno, entonces la cierro –dije.

–¿Cómo la vas a cerrar, si te faltan las medias, la bufanda, la capa, etc.?

–Si no llevo perfume yo la cierro –dije.

Yo misma sabía que había alguna secreta injusticia en cerrar la valija sin medias, pero la cerré igual. "No llevo perfume", pensaba a la tarde, "y así es mejor". Y a la noche no me dormí hasta tarde, y me levanté para ver si la valija estaba ahí.

Lo primero que vi al entrar fue una mujer que me pareció una vecina. Estaba de espaldas, tomando mate y hablando con alguien que debía ser mi tío. "¿Y qué tiene de distinto?", me pregunté. Mi tío era un hombre flaco, no se podía negar, pero comparado con el tipo del circo, era gordísimo, y yo a mi tío lo había visto antes cuando era muy chica, de modo que no notaba cambio alguno. Después de charlar un ratito –no me preguntó qué tal andábamos de finanzas– vino mi tía, bastante gorda pero sin llamar la atención. Llegaba de comprar salame en el almacén. Y estaba sonriente, con aros. "Muy sacrificada no es", pensé, "desde el momento que va a comprar salame y todo...". Yo siempre imaginaba una persona sacrificada como alguien que está encerrada en un espacio reducido, sin ventanas. Ella me puso la mano en la cabeza y me sujetó algo que se me caía, una hebilla, creo. Entonces fue cuando la vecina salió y mi tío tosió. Tosía muchas veces, sin parar, y mi tía le dijo con una voz agradable, voz de mañana temprano, antes del desayuno:

–¿Te preparo eso?

–No, ahora no, más tarde.

Como cuando a uno le preguntan si va a tomar el desayuno y dice: "Más tarde". Así respondió mi tío. Y añadió enseguida, cuando ella volvía con un vaso de agua y una pastillita:

–¿Y el dije nuevo de la pulsera?

–Lo perdí, no sé dónde lo pude haber puesto.

–Hay que buscarlo –dijo mi tío, mientras revolvía la pastillita en el vaso–, era el más lindo de todos.

Y mientras yo arreglaba las cosas en el ropero, él buscó por todas partes y mi tía tarareaba algo. Como era tarde me dormí enseguida y pensé: "Mañana vamos a ver", y no sabía qué iba a ver mañana.

A la mañana siguiente mi tía me dijo:

–Luisa, ¿querés jugar a las damas con tu tío?

–Bueno –dije–. No sé muy bien.

Supuse que no importaría que jugara bien o no, que lo que había que hacer era simplemente pasar la mañana.

Jugué distraídamente y mi tío me ganó todos los partidos, incluso dándome ventaja, y después me miró y sonrió. Entonces pensé que mejor hubiera sido haber jugado bien, y me di cuenta de que me había ganado a propósito. Le dije:

–Ahora el último, el último de todos.

–No juego más –dijo–, mañana o pasado.

Mi tía me dijo que fuera a comprar huevos para hacer mayonesa.

–¿Y él puede comer mayonesa?

–Él puede comer de todo –dijo mi tía con aire extrañamente reservado.

Elegí los huevos de color ocre, y le pedí al almacenero que me sacara uno blanco porque no me gustaba. Después ayudé a hacer la mayonesa; la cocina tenía cortinas a cuadros y los almohadones eran también a cuadros; había una ventana grande por donde entraba el sol y se veía pasar la gente bastante cerca.

–¿Y él? –pregunté.

–Está arreglando el gallinero.

–¿Después puedo ir?

–¿Primero terminamos esto?

–Bueno.

Terminamos eso, y al salir de la cocina noté que había algunas moscas. "Y en casa a veces también hay", me dije. "Lo que pasa es que alguien dejó la puerta abierta." Y el pasto no estaba crecido, estaba parejo "más que en casa", pensé, mientras iba al gallinero. Mi tío se había sentado y estaba descansando sobre un tronco.

–Estás cansado –le dije.

–Algo.

–También –dije conciliadoramente–, trabajaste toda la mañana.

–Ni mucho menos –dijo–. Son las once.

–Pero vos sos jubilado –insistí–. Vos trabajaste toda la vida.

Y no me dijo nada, hizo ademán de empezar a trabajar otra vez y descubrí algo que antes nunca había notado en nadie: caminó por el gallinero, tocaba las maderas, iba con intención de trabajar, y vaya a saber por qué, no hizo más que inspeccionar todo y después se volvió a sentar y se quedó mirando algo que estaba sembrado.

Pensé que indudablemente su primer impulso había sido trabajar. Pensé preguntarle si quería que le ayudara y después me pareció fuera de lugar. En cambio pregunté:

–¿Querés que juguemos a las damas?

–Traé el tablero –dijo.

Y no le pude ganar ni una sola vez, pero no perdí de modo tan escandaloso como la vez anterior.

A la noche, desde mi pieza, oí que hablaban. Mi tía decía:

–No lo tomaste.

–Bueno, no lo tomé.

–¿Cómo "bueno, no lo tomé"? ¿Te das cuenta?

–¿Y para qué lo iba a tomar...? Perdón.

Cuando oí lo último me sobresalté. ¿Por qué había dicho perdón? ¿Quizá porque había contestado con brusquedad? Yo no oía bien, pero estaba segura de que no lo había dicho con brusquedad y me quedé pensando en eso. Después oí que ella insistía, pero lo anterior me parecía incomprensible. Pensé que a la mañana siguiente me iba a dar vergüenza porque ellos no sabían que yo sabía. ¿"Lo..."? ¿Y qué era "lo"? Repensé el diálogo. "Al fin y al cabo", me dije, "era una cosa que tenía que tomar y no tomó. Parece que porque no se le daba la gana, y después pidió perdón no sé por qué. ¿A qué tanto lío?". Pero a la mañana siguiente mi tío me pareció distinto, más lejano, y no me atreví a invitarlo a jugar a las damas. Después de desayunar mi tía me dijo:

–Al lado hay un chico, solía venir muy a menudo aquí. Andá con el tablero.

–No lo conozco, no sé quién es.

–Decile que viniste a quedarte unos días y que querés jugar. O, mejor, yo le digo.

Y mi tía suspendió una cosa importante que estaba haciendo para decirle a la vecina que yo había venido a pasar unos días. Los de al lado me recibieron muy sonrientes. La vecina preguntó qué tal andaba mi tío y ella no contestó. "Podría haber dicho más o menos", pensé, "yo hubiera dicho más o menos". Enseguida dictaminé que la cara del chico de al lado era de candado desde un punto de vista y de toronja desde otro.

–Tu tío está enfermo –me dijo.

–Ya sé.

–Y se va a morir.

–Es mentira –dije–. ¿Porque vos lo digas se va a morir?

–No porque yo lo diga –y ahora su cara era de toronja–, porque lo dice el médico.

–Es mentira –dije.

–Como quieras –dijo el chico y sacó el tablero.

Entonces pensé que me iba a dejar ganar a propósito y a propósito lo iba a dejar pensar que yo era completamente idiota y así me dejaría en paz. Por la mitad del partido dijo:

–La vez pasada vino una ambulancia.

Quise decir que era mentira, pero me amilanó el pensamiento de que él, con esa cara, solo porque vivía al lado de la casa de mi tío, y sin ser pariente ni nada, sabía más que yo que era sobrina, y le dije:

–Eso ya lo sabía.

–¿Sabés cuántas veces vino?

–¡Qué importa cuántas veces vino! Sé que viene la ambulancia y basta.

–Vino siete veces –dijo.

Y me ganó. "Es flaco", pensé. "Es flaco y también rencoroso." Y eran las doce y nadie me venía a llamar; y después fueron las doce y media y seguía sin venir nadie. A esa hora dije:

–Me voy a comer.

Y la vecina dijo:

–No, quedate a comer acá, con Leopoldo.

–¿Mi tía sabe?

–Sí, sí.

Y no me acuerdo qué comí, solo sé que era algo pastoso. A las dos me vino a buscar mi tía, tenía otra blusa y se había puesto zapatos. Estaba más peinada, como si hubiera recibido visitas, y la vecina le apretó la mano.

–¿Y el tío? –pregunté.

–Lo llevaron –dijo–. Lo llevaron a curar.

Y Leopoldo miraba con una ceja levantada, sentado en un rincón. Vi que la vecina tomaba del brazo a mi tía y le daba no sé qué consejos. "La vecina tiene cara de conejo", pensé, y le dije a mi tía tímidamente:

–¿Vamos?

–Sí –dijo ella–, es mejor.

Llegamos a la cocina, de cortinas a cuadros; era un día hermoso, de sol. Y me puse a recorrer la casa como si me faltara algo. Había ropas tiradas por ahí y el ropero no estaba en su lugar. "Ya sé de qué me olvidé", me dije con cierto entusiasmo. "Me olvidé el tablero en lo de Leopoldo. Lo voy a buscar."

–Leopoldo, ¿me das el tablero?

–El tablero era mío, yo se lo prestaba.

–Bueno, no sabía –dije.

"Y era eso", pensaba, "era el tablero que me faltaba". Pensé preguntarle a mi tía si Leopoldo mentía. Para qué, me dije, si Leopoldo no mentía. A la tarde, después de pensarlo mucho, dije:

–Tía, yo me voy.

–¿No te quedarías hasta mañana?

–Bueno –dije–, pero hago la valija.

Por un momento tuve ganas de preguntarle si tenía perfume, pero me pareció fuera de lugar. "No tengo perfume", me dije, "y no solamente no tengo perfume: tampoco tengo medias, ni bufanda, ni capa y además voy a dejar un saco, y algo también voy a tirar por la calle cuando nadie me vea, para no llevar esta valija tan pesada". En ese pensamiento me entretuve toda la tarde. Y a la mañana siguiente (dejé en la casa de mi tía la pelota y el saco), cuando tiré a la calle una pollera, me estremecí y me latió el corazón.

A propósito de un duelo

Estaba asomada a la puerta y vi venir a las dos señoras; quise cerrar la puerta para que no me vieran, pero no tuve tiempo y vi que una ya había sacado el pañuelo. Venían por mi duelo, y cuando vi que una se secaba las lágrimas con su pañuelo, me dije: "Así como lo sacaste lo vas a guardar otra vez". Pero cuando la tuve cerca, no atiné a decirle nada y casi me echo a llorar. Yo sabía que era chismosa y que quería ver cómo estaba dispuesta la habitación después del duelo, pero la hice pasar lo mismo. Esperaba sorprender su mirada y así confirmar lo que había pensado de ella. De repente miró la cama y dijo:

–¡Ah!

Y yo suspiré.

En seguida descubrí que tenía un sombrero que terminaba en una especie de antena y eso me incomodó. Las habría echado afuera y habría cerrado la puerta. De repente dijo:

–¿No sería bueno tener un canario aquí?

Y la otra se apresuró a confirmar:

–Un canario es siempre un canario.

–Sí –dije–, yo también solía decir eso... antes.

Ya las estaba viendo venir con una jaula y un canario... ¿Y qué? En ese caso cerraría la puerta. ¿Y por qué tendría que cerrar la puerta? ¿Acaso uno no tiene derecho a abrir la puerta y mirar el sol y las plantas? Y sin embargo, una vez que la abrí, vi venir una vaca enorme y sentí mucho miedo. Tuve que cerrarla enseguida otra vez.

A las seis las señoras miraron el reloj y una le dio una palmadita en la pierna a la otra y le dijo:

–¿Vamos?

Yo dije:

–Quédense un rato más: hago café, hago un alfajor y enciendo la luz.

Se quedaron sentadas, mirándose y moviendo la cabeza como diciendo: "Pobrecita, va a hacernos café; por hoy le vamos a dar el gusto".

Alfajor no hice porque estaba triste. Les rogué que se quedaran a dormir conmigo; yo creo que no se quedaron porque como no sabían cuál había sido la cama del muerto, tenían miedo de elegirla. Cuando se fueron las acompañé hasta la esquina y a esa que había estado callada le di un beso en la frente. Pero en realidad el beso se lo había querido dar a la otra, a la del sombrero con antena.

Y sin embargo, la ropa hay que tenderla. Hay que tenderla bien, con dos broches a cada lado y cuidando que la cuerda alcance. Son hábitos buenos que se aprenden desde que uno es chico, esos de tender la ropa. Pero noté que una de mis piernas se desviaba como para patear una sábana aunque en seguida pensé: "¡Qué absurdo! Patear una sábana colgada es como pretender juntar agua con la mano".

Además ese gato que estuvo sentado todo el tiempo mientras yo trabajaba y que se relamía. Primero pensé que se relamía porque esperaba que yo le dijera algo: después me di cuenta de que siempre lo hacía así, de lo cual deduje que los gatos también tienen sus hábitos.

¿Y quién dijo que en la pieza faltaba aire? Yo, el otro día, que siempre digo cosas sin ton ni son; en la pieza se está muy bien; solo salgo a tomar aire muy de vez en cuando, y cuando entro, algunas veces, veo a alguien tendido en esa cama, que yo sé bien qué cama es. Y una cosa no puedo soportar: que mis visitas lo llaman el finado, porque "finado" es una palabra que nunca me gustó. Y una vez que lo nombraban así, yo miré fijo y no pude menos que sonreírme. En seguida me puse a hacer café y torta y dije que iba a encerar los pisos. Todo el vecindario estaba de acuerdo en que mis pisos no merecían ser encerados; yo nunca los oí, pero los imagino diciendo: "No va con su genio". La verdad es que ni siquiera me atreví a comprar cera.

Una vez el gato se metió en la pieza y se sentó como para acomodarse en la cama.

–Ahí arriba no –le dije, y lo empujé; pero el gato es blando, se escurre de las manos y pretende quedarse medio dormido en la cama. Me costó trabajo sacarlo, tenía que hacerlo por partes: lo sacaba por el cuello y él se prendía silenciosamente con las uñas. Por fin lo pude sacar pero se quedó en la pieza y yo no podía meditar. Le dije:

–Vamos, gato, que quiero un poco de intimidad.

Entonces agarré la escoba y otra vez la misma historia: empujar ese gato blando. Todo eso es una empresa cansadora y larga y yo no soy capaz de matar un gato.

Pasó una cosa curiosa; entraron mis visitas sin que yo me asomara para nada a la puerta. Vinieron mientras estaba en la cama. Entonces pensé dos cosas distintas: primero que habían venido porque estaban de paso y habían estado recogiendo flores hasta que se tropezaron por casualidad con mi puerta; y segundo que tal vez mis visitas no estaban vivas. Porque a mí me había sucedido muchas veces que desde la cama veía abrir esa puerta, la veía a mi abuela, por ejemplo, entraba y después no sé dónde se metía. Y también, y sobre todo de noche, veía una mujer pelirroja y vieja con un pelo muy feo. Pero ella no saludaba ni hablaba. Aunque pensándolo bien, el saludo no es más que una simple fórmula, como el dar la mano. Eran demasiado amables estas visitas y yo me puse a desconfiar. Además jugaban constantemente con el gato y yo no quería usar la violencia con el gato porque todo el que lo conserva sabe para qué lo tiene, me decía el sentido común. La verdad es que no me di cuenta cuando se fueron. Yo siempre dije que las relaciones deben ser independientes y esperaba el momento de poder decirles: "Me gustó mucho que el otro día se fueran sin que yo me diera cuenta; así deben ser todas las cosas". Pero me olvidé de decírselo y es feo decir ciertas cosas porque no hay muchas respuestas adecuadas. Al rato las vi aparecer, pero como esta vez no me saludaron, ni me dieron la mano, pensé: "Todo será simple fórmula, pero yo también debo darme mi lugar", y entonces me puse a investigar en un libro algo muy difícil.

Y una vez vi lo más increíble del mundo, una cosa que no podía creer y que me pareció lo más injusto de todo: mis visitas iban caminando por el parque con el finado, como ellas dicen. Pasaron cerca y no me vieron; estaban hablando del problema social. A mí se me partió el corazón. Yo tenía una relativa fe en ellas; sabía que eran chismosas e inconsecuentes a veces, pero eso no lo esperaba. Tenían un aire grave y silencioso; el que hablaba era él sobre todo. Era imposible suponer que se fueran a detener a mi lado porque era evidente que no llevaban otro camino que el de su conversación. Si los hubiese llamado no se habrían dado cuenta de tanto que pensaban. Entonces entré y cerré con llave la puerta y vi que el gato se había sentado otra vez en la cama. Ahora lo dejo hacer caca cuando quiero; cuando se me da la gana agarro la escoba y le pego. Hay que ver cómo chilla. Nunca le pego porque esté indignada; pienso simplemente que un poco de ejercicio me hace bien y que nadie tiene derecho a estar sentado en este mundo, salvo que yo se lo dé. El otro día lo herí y después le lamí la herida, pero cada vez que la veo, tan rosada, tengo ganas de agarrar el palo.

El amo y los criados

Aquí estoy. Tengo una casita; yo digo "casita", otros "casa"; no es muy grande. Se me ha repetido constantemente: "Fue regada con lágrimas de tus antepasados". Pero yo pienso: "¿Desde cuándo han visto las casitas regadas por lágrimas?". No tengo la menor constancia. Sentado cerca de la ventana, miro el poniente; no todos los ponientes, eso cansa demasiado, pero de vez en cuando, gusta. Me agrada tomar de un líquido marrón nuevo, no sé cómo se llama... Creo haberlo sabido la otra tarde. Porque la memoria me falla constantemente; no es cuestión de la edad, todavía soy joven, y aunque no fuera joven, no me preocupa la edad, porque yo no soy ningún trapo. Mi memoria siempre falló; son significativas las anécdotas al respecto, pero no las recuerdo. Casi nunca recuerdo el nombre de las cosas, sino solo lo significativas que son. Eso me proporciona grandes ventajas; de repente cae una moneda o pasa una sombra y en seguida eso está vinculado con otro episodio semejante. Le pregunto a Asdrúbal, mi criado, qué cosa era eso, y me dice:

–El ciego que tocaba el organito en una plaza.

–Así es –le digo, y seguimos andando.

Tenía una especie de huerta que todavía tengo, y una vez les dije a mis criados:

–Cualquier cosa planten menos tomates.

Y por lo tanto todo es ahora de color verde, de todos los tonos de verde. Tengo animales también: un chivo bastante grande que tiene las cejas como pintadas. Creo que no fui yo quien las mandó a pintar, me altera lo que sea *contra natura*; sin embargo están delineadas tan perfectamente, tan perfectamente... Vacas nunca quise; con ellas mantengo una cierta cortesía a lo sumo. Estoy completamente rodeado de árboles bastante grandes, pero no tanto que no me permitan ver los árboles siguientes y estos los que siguen. Y recuerdo al respecto una voz que me dice: "Esto era un páramo". ¡Qué palabra, páramo! Rima con álamo, así es. Tengo un cortapapel no muy filoso, aunque al principio tenía mucho filo, y yo lo hice desafilar. El otro día le dije a Asdrúbal, mi criado:

–Este cortapapel pierde filo.

–Usted lo hizo desafilar –me dijo.

"Es cierto", pensé, y me sonreí. Asdrúbal tiene mucha memoria y yo suelo decirle:

–No seas rencoroso, hijo. ¿Adónde quieres ir a parar?

Pero no me preocupo demasiado de que me escuche y, por otra parte, él no molesta demasiado. Mi otro criado, Tomasito, suele molestar a veces, pero no lo hace a propósito, lo cual no quiere decir que eso lo justifique, ni mucho menos. Le digo:

–Tomasito, si fueras perro, ¿ladrarías?

Tomasito asiente y se le ven los tres dientes que le quedan. El otro día ocurrió algo divertido: estaba dándole migas a las palomas, vino Tomasito, se creyó que no lo veía y se las comió. Pensé decir: "Yo veo todo, Tomasito", pero ¿para qué? Creo que aunque vea todo le falta algún resorte a mi brazo para impedir que Tomasito se coma las migas y, después de todo, es gracioso. En cambio le dije:

–Eso es para las palomas.

Y lo dije cuando Tomasito ya no estaba. Me proporciona un verdadero placer no encontrar otra respuesta que el silencio. Habría repetido la observación ochenta veces, como un estribillo de canción. Y tengo un solo amigo, pero ahora está en el otro extremo del mundo. Siempre se traslada y nunca sé bien en qué lugar se encuentra. Se puede decir que somos absolutamente opuestos y nos encontramos muy rara vez. Pero generalmente sueño con mi amigo, sueño que tomamos vino y estamos sentados. Si me dijeran: "Tu amigo está ahí, escondido detrás de la arboleda para sorprenderte", diría: "Es posible, eso está dentro de sus posibilidades". Y si me dijeran: "Pasó la tranquera, viene hacia aquí", tal vez haría un esfuerzo para levantarme, porque me cuesta muchísimo trabajo levantarme: tengo gota. "Las piernas no me obedecen", le oí decir a alguien, y yo le digo: "Yo no obedezco a otra cosa que no sean mis piernas". A veces sueño que hago dos agujeros en el suelo y allí las meto. No hay cosa que me guste más que el mar. Y eso no quiere decir que la montaña o la llanura no me gusten, me gusta todo, aunque en realidad he visto todo en fotografías. Nunca salí del lugar en que vivo. Me basta llamar a Asdrúbal, que viajó por todo el mundo, que conoce las gentes más diversas, que vio la India, y decirle:

–Asdrúbal, ¿has visto el mar?

Y Asdrúbal se pone pensativo como si se tratara de alguna potencia peligrosa y me dice:

–Es bravo.

Eso me basta. Tengo la idea hasta del silencio del mar con eso. A veces le pregunto sobre gentes de otras tierras, sobre todo africanas, y me dice:

–Eran bravos.

Y yo lo entiendo perfectamente. A Tomasito no se le puede preguntar nada de esto, porque es montañés y trasplantado. Tiene siempre unas nostalgias tremendas y no hay nada más cómico que verlo nostálgico, con esas manos tan largas y tan voraces, que agarran galletas, árboles, cualquier clase de cosa. Un día observé detenidamente a Tomasito y consideré el filo de mi cortapapeles, pero como dije, no tenía mucho filo por el motivo que me recordó Asdrúbal.

Esa tarde me había sentado frente a la huerta y vi algo verde, naturalmente, pero de forma sospechosa. ¿Cómo se llamaba eso redondo? Lo sabía perfectamente: eran tomates. Y llamé a Asdrúbal para que los sacara, pero Asdrúbal no me oyó o no me entendió bien. Ahora creo recordar que al tomate lo llama de otra manera, de una manera absurda. En realidad, todo es culpa mía: los dejo hablar tanto entre sí, que tienen un lenguaje distinto. A mí verlos hablar me divierte muchísimo. Tomasito le da a Asdrúbal en el brazo para ver si tiene músculos, según dice. Y ya sea por el golpe mismo o por la dureza de la carne de Asdrúbal, se queda todo dolorido, se venda la mano, etc. Es divertidísimo. Entonces le enseñé que cada vez que le ocurriera eso (y yo prevengo que le va a ocurrir siempre) me podía pedir una venda. En realidad él sabe perfectamente dónde están las vendas, pero no las puede sacar antes de pedírmelas a mí. En realidad no vigilo nada ni me preocupo por nada, pero por lo de la venda sí; es ya como un ritual y tiene todo el encanto de lo perfectamente previsible. Viene Tomasito y me dice:

–Señor, por favor, una venda.

Y yo le digo a Asdrúbal:

–Bien. ¿Dónde están las vendas?

–En el último cajón –dice Asdrúbal, y Tomasito va a buscar su venda.

Bueno, retorno a lo anterior: en la quinta habían plantado esas frutas redondas llamadas tomates. ¿A cuál de mis dos criados llamaría para solucionar eso? "Esto tiene aire de enredo y confabulación", me dije algo cansado. Por otra parte, creo que fue una de las poquísimas veces que los llamé para decirles algo. La vida era aquí muy tranquila y ellos hasta entonces se habían encargado perfectamente de todas las tareas. "Pero he aquí algo nuevo que, caramba, tiene su parte de excitación", pensé. ¿A quién llamaría primero siendo que los dos eran culpables? Y pensé decir: "Asdrúbal y Tomasito, vengan los dos, hijos míos". Pero entonces me dije: "De este modo no. Así parece que te fueras a morir. Es ridículo". Se los podría llamar por separado a ver quién mentía. "¿Y qué importa quién miente? Lo que yo no quiero son tomates", me dije. En cuanto los vi, lo primero que hice fue golpear las manos para que vinieran, y pasaron delante de mí y no vinieron. Entonces me levanté y dije:

–¿Cómo? ¿Desde cuándo pasan sin mirarme? Creo haber golpeado las manos.

Y entonces Tomasito, imitándome, dijo:

–Estaba así.

Con la mímica me quería indicar que estaba ausente.

Asdrúbal me miró bien y me dijo:

–Perdón, pensábamos que golpeaba las manos distraído.

–Asdrúbal, siempre afirmé que eras siniestro –dije, aunque en voz tan baja que creo que no me oyó.

Asdrúbal preguntó entonces:

–¿Llamaba?

Me sonreí y dije:

–En efecto, llamaba. ¿Qué es aquello que se ve allá?

–¿Aquello cuál, señor? –dijo Asdrúbal.

Y Tomasito se hacía visera con la mano para ver. Entonces me ruboricé, no sé si a la vista de la fruta, y dije:

–Aquello redondo entre esas plantas altas.

–¿Redondo? –dijo Asdrúbal.

Tomasito alborotaba y Asdrúbal dijo con aire preocupado:

–¿Cómo se llaman, señor?

Y noté que me ponía rojo por segunda vez. Carraspeé y dije:

–Creo que son tomates.

–Ah –dijo Tomasito como recordando–, son los tomates.

Y los dos se fueron, supuse, a solucionar ese enredo. Pero por la tarde volví a ver los tomates y me callé. Confieso que tuve un deseo vergonzoso: ir de noche y arrancarlos todos sin que nadie me viera. Pero, como dije, mis piernas están duras, y me quedé en mi sitio.

A la mañana siguiente lo vi a Asdrúbal y le dije:

–Asdrúbal, los tomates.

Asdrúbal los sacó todos aparentemente, pero vi uno escondido. Entonces pensé: "¿Voy a fijar la vista en algo semejante teniendo delante una inmensa perspectiva, los árboles, todo?". Por consiguiente siguió luego una cierta calma, aunque noté una cosa: mi brazo se había puesto rígido y si me repantigaba en un sillón (y ahora se me trataba con una solicitud inusitada) y luego me trasladaba a una silla, la mano se me quedaba suspendida en el aire, en la misma posición que antes había adoptado al apoyarse en el sillón. Y, es cierto, Tomás y Asdrúbal tenían un exceso de celo, me trasladaban y se adelantaban a mis deseos, que adivinaban perfectamente, salvo unas pocas veces. Pero para saber hasta qué punto se equivocaban, habría sido necesario indagar acerca de la naturaleza del deseo. "Que es tarea muy ardua", me dije. ¿Y qué vi al mes siguiente, cuando mi mano había alcanzado cierta fluidez en sus movimientos y no se mantenía tan rígida? En el campo se destacaba entre todas las cosas una, roja y enorme o, por lo menos, así me lo pareció. Llamé a mis criados y les dije:

–Quisiera comer tomate.

Asdrúbal dijo:

–Los caballos no se pueden enganchar hoy al carro; hay mucho barro, señor. ¿Le parece bien mañana?

Dije pensativo:

–¿Es preciso enganchar los caballos para... cuándo?

–Hoy no se puede, señor.

Y dije:

–Muy bien. Que se haga así.

Inmediatamente sentí una especie de molestia por estar allí y me sentí desasosegado todo el día. Y cuando engancharon los caballos al día siguiente para ir a comprar tomates, dije:

–Yo voy también. Una vuelta en carro no me vendría mal. Hace mucho tiempo que no salgo.

Y fuimos. Como cerca de la venta tengo una casa más chica, pero con las comodidades suficientes, mis criados me aconsejaron que me quedara en ella, y en ella me encuentro ahora, aunque al principio dije que estaba en mi casa. Estaba simplemente evocando. Y de todos modos, el panorama en este tipo de lugar es bastante parecido.

P.S.: Esto lo escribí yo, Asdrúbal. Mi amo tiene las piernas y el brazo aletargados, de modo que no puede escribir nada, pero me permití escribir esto porque lo conozco muy bien.

Eli, eli, lama sabactani?

Cuando me levanté, noté que había un cierto desajuste en el cuadro de las virtudes suplementarias o como se llamen. Repaso: justicia, templanza, impudicia y venganza. “No es así”, pensé medio dolorido por el roce de la almohada. “Así falta algo: justicia, templanza y caridad.” Inmediatamente me distrajo un olor que venía del baño, no precisamente a caca reciente, sino hecha hace un rato: por lo cual era todavía más irremediable. Una gallina cantaba y el día estaba húmedo. “Que ponga el huevo o que no lo ponga, a mí me da exactamente lo mismo”, me dije.

Me sentía orgulloso de mi prescindencia; no iba a ser yo quien dependiera precisamente de las gallinas. “Pero hay que reconstruir el cuadro de las virtudes suplementarias”, pensé, “o mejor, de los pecados capitales; los pecados capitales son: gula, lujuria, lascivia, ira, envidia y faltan dos. Falta la soberbia y me parece que la lujuria está repetida, porque puse lascivia. ¿En qué se diferencia la lujuria de la lascivia? Supongamos que la gula es la madre de la lujuria, y qué queda para la pereza, que es la madre de todos los vicios”. Eso lo decía mi abuela, que se llamaba Teresa, y aún recordaba yo la impresión que me causó aquel chico al cantar: “Teresa, poné la mesa y si no tenés pan poné la cabeza”. Tendría yo solamente tres años y pensé que a Teresa la llevarían al matadero como si hubiera sido una vaca. Inconscientemente estaba a punto de rezar, cuando me acordé que solo rezan los que creen que hay Dios o los que tienen miedo de que no haya. "Ahora bien", me dije: "Yo no me expido sobre Dios y no sé. Me podría hacer la señal de la cruz, así, bien ligero, como para espantar algún maleficio o espantar moscas", dije, "pero mejor que no, mejor ir y lavarse los dientes con crema dental Kolynos y las manos con jabón Lux de tocador, tamaño usual". ¿Por qué no tamaño baño? Evidentemente, entre quienes yo vivía, el simple jabón Lux "que usan nueve de cada diez estrellas de cine" era una especie de lujo, y uno no establece distinciones funcionales en lo que es objeto de admiración. En fin, y qué era esa voz de gorda amargada que me sugería ahora: "¿Y si fuéramos al parque, a tomar algo?". Y yo seguramente habría dicho "bueno", porque yo no sabía decir otra cosa que bueno. ¿Y ahora iba a echar a perder todo ese día que la vida me había deparado por una voz de gorda idiota que no existiría realmente si no fuera porque yo me lo pasaba convocándola para mi mayor martirio, cuando tenía relativas ganas de martirio y sobre todo que este no tenía aún ningún objeto? "No, señor, hoy vamos a pasear de mañana; vamos a pasear por el río, a ver los barcos y a tomar café. No me voy a poner el traje claro", me dije, "porque me lo van a salpicar y yo no corro riesgos; yo me pongo el traje oscuro aunque tenga demasiado olor a lana caliente y haya humedad". Afuera había una humedad espantosa y pasó un chico lamiendo un caramelo de palito, medio pringoso. Pasó ajeno y yo me empecé a atormentar como si me hubiera olvidado de algo y después me di cuenta de que era porque el chico había pasado demasiado ajeno. "¿Y qué ves en los barcos?", me pregunté. "¿Qué tienen los barcos que no tengan las cacerolas? Bien los ves desde arriba, desde el altillo, sin necesidad de caminar bajo la humedad, salvo que quieras hacer algún experimento útil a la historia, comparando cómo se ven los barcos desde el altillo y cómo de cerca." "De modo muy distinto", me dije, "porque cuando estás en el altillo los ves de lejos y cuando estás cerca sabés que se van a ir y que vinieron hace poco, además de llevar gente adentro". Creo haber comprobado eso hace bastante tiempo y lo único que difiere es el modo en que lo recibo. Ahora lo recibo sin ton ni son. Allí están jugando al fútbol; me voy a apartar porque tengo miedo de la pelota. "Veamos", dije. "¿Por qué tengo miedo de la pelota? No es porque me manche, y si yo estuviera desprevenido no me importaría, a cualquiera lo alcanza un pelotazo y se acabó; pero yo estoy pensando tanto en un pelotazo que si, en una de esas amargas, crueles, inusitadas y asombrosas circunstancias, la pelota me llega a golpear, me voy a sentir definitivamente peloteado y es posible que ni siquiera continúe mi camino hasta el puerto." Pero, por más que estuve mirando un rato, la pelota no me pegó y sorteé los lugares con barro y llegué. Ya se sentía la brisa marina, pero para disfrutarla plenamente había que sentarse en unos bancos largos, como los de las plazas, y que como los de las plazas estaban llenos de jubilados. Me pregunté hasta qué punto mirar el río era una ocupación absorbente para ellos y no me pude dar cuenta. Además me sentí molesto, como si algo estuviera fuera de lugar: los jubilados por una parte, porque estaban en una atmósfera marina, y el río por la otra, porque estaba lleno de jubilados. Entonces me fui a tomar un café y una de las ventajas de tomar un café consiste precisamente en que ya sé cómo va a ser.

El café tenía ventanas al río; pasó un barco, traté de seguirlo en su ruta y traté de ponerme melancólico, pero nada. Me dediqué a pensar qué podría comer; si comía, ya entraba en el plano de la frivolidad. Debía tomar un café solamente. "¿Pero qué es la frivolidad?", me pregunté. "Hay una frivolidad inmanente y una frivolidad trascendente: la frivolidad inmanente consiste en el dulce de leche, cosa que no pienso pedir." Y no supe qué era la frivolidad trascendente y no pedí nada, salvo un café. Me atendió una vieja, que no parecía posadera, por lo cual intenté tratarla con el mayor respeto. Y entonces quise evocar una cara que yo siempre recordaba y de pronto se me hizo presente. En ese momento pasaba un barco de vuelta, quizás el mismo que había visto antes, y me sentí hondamente melancólico, de modo que jamás hubiera comido dulce de leche en este mundo. Y tal como había venido esa cara se fue, con algo de inescrutable. Y pusieron música, una música de frivolidad inmanente, y me gustó, porque fundamentalmente me gustaba hacer lo que estaba haciendo: tratando de recordar. Estaba a medio camino entre el recuerdo y el olvido, y no lograba apresar ninguna imagen pero tenía el sentimiento que corresponde a la presencia de una imagen, hasta que poco a poco, con el sonar de un reloj y quién sabe qué cosa, todo se volvió ocioso y me fui del café. Miré mi cara en un espejo y en mi cara había cierto reproche. ¿Para mí? Era absurdo, pero había cierto reproche para mí. "Bajemos la escalera de un modo jovial", me dije. "Eso es." "*Panem nostrum quotidianum da nobis hodie*", y después, con pausa: "*Sed libera nos a malo*", con esa voz de coro de clérigos, medio dubitativa. Los de la pelota se habían ido, porque era el mediodía, cada cual a aguantar su porción de humedad, siempre más agradable adentro que al sol. No bien había caminado tres cuadras, apareció Eulogio. ¿Qué pitos tocaba exactamente Eulogio en mi vida? Me daba siempre una última oportunidad de tratarlo para saber qué lugar ocupaba en mi vida y siempre me quedaba la duda, y el temor de que advirtiera lo que me sucedía.

Eulogio me dijo:

–Hace calor.

Y yo le dije:

–Sí, más que ayer.

–Bah –dijo–, no hablemos del tiempo.

Pensé que yo nunca sabría lo que era improcedente, que gentes como yo no progresan en las finanzas, ni en los negocios, ni en la televisión. "Eso es", me dije, "a mí también me parece vulgar hablar del tiempo, pero yo hablo así por piedad. Sí, señor; exclusivamente por piedad". Pero a Eulogio no le dije nada de esto y Eulogio dijo:

–Los bóers derrotaron a los croatas en Dalmacia.

–Sí, me enteré –dije yo.

–Fue extraordinario –dijo–. Llevaban municiones pesadas y tanques livianos H.M.E. y la coartada seguía...

Y Eulogio siguió hablando. "Como en la batalla de Tacuarí", pensé, "cien luchando contra mil". Quise recitar a Eulogio la poesía "El tambor de Tacuarí" pero por suerte no la recordé. Eulogio se hubiera sorprendido y a mí su sorpresa me confundía. Él me invitó a comer y no acepté.

–Ya comí –dije, y era mentira. Y él se iba a comer a su lugar habitual, donde el mozo lo conocía y le tenía puesto el pan. Yo no sabía qué comería y me eché a andar. Nunca camino mucho, camino hasta que encuentro una plaza, como esa vez. Me senté en un banco. No era a la sombra, era realmente para preguntarse qué hacía uno en esa plaza al sol, sin comer. Miré muchas veces la hora en el reloj, pero estaba en números romanos, que no entiendo muy bien; pasó el heladero y quise comer un helado, pero se escapó. De lejos vino una figura y la miré con cara de simpatía culpable, cara que pongo ante las gentes que me parecen pobres o inferiores, y en seguida me di cuenta de que se iba a sentar a mi lado. Y se sentó. Tenía un paquete envuelto en diarios. Me dijo:

–¿Se nota el olor? Llevo pescado.

–No –dije.

–A mi marido le gusta –dijo–. Por eso lo llevo. Si no, no lo llevaría. A mí no me gusta.

Creí que me vería obligado a manifestar mi opinión sobre el pescado, pero dijo:

–Mi marido es de Funes. Yo soy de acá. A mí Funes no me gusta, porque es muy trasmano...

–Claro –dije yo.

–Es inútil –dijo–, cuando una se casa joven...

"¿Cuál será la respuesta?", pensé. "¿No hay vuelta que darle?" Me pregunté si me pediría dinero. Pensé que no estaba dispuesto a darle dinero. De antemano, no le iba a dar. Ella en cambio dijo:

–¿Usted es de acá?

–Hace un tiempo –dije.

Y me siguió hablando, y yo por primera vez en mi vida no escuché a alguien que me hablaba y me asombré de cómo el otro puede no darse cuenta de que uno no escucha.

Cuando se fue, me quedé pensando en el raro fenómeno de no haberla escuchado. Me pareció que yo era mucho más viejo y que tenía una mirada que antes nunca había tenido. Me levanté y me sentí cansado. Era el momento de meditar sobre no haber escuchado a la mujer que estaba a mi lado. Me hablaban las voces de la conciencia. Una voz me decía: "Ahora o nunca, hay que detenerse como cuando a Sócrates se le ocurría alguna idea". Otra voz me decía que yo estaba demasiado cansado; otra que estaba caminando normalmente, que tenía buenas piernas para caminar y algo de dinero. "A ver", me dije, "¿qué cara peculiar tenía la mujer?". Ninguna; ni tenía pañoleta, ni me pidió dinero, tenía pescado con olor repugnante, puesto en el banco de la plaza entre ella y yo. "¡Que se aleje!", pensé. "No es mi prójima, lleva pescado con olor, habla de ella y de su marido, no pide dinero y todo se resuelve en nada y no llego a ninguna conclusión. Pero yo voy a llegar a alguna conclusión; voy a ir al cine con el dinero que tengo, voy a ir a ver películas cortas sobre la vida en Holanda o la artesanía del vidrio. Sí, señor". En seguida el mundo se configuró en función del cine y toda la gente que vi comprando helados iría seguramente al cine.

El cine era barato; me atendieron con esa displicencia, mejor dicho, negligencia con que atienden en los cines donde van niños en su mayoría. La película se refería a las costumbres de Bali. Yo sabía las costumbres de Bali, mejor dicho, no quería saber más respecto de las costumbres de Bali. Esperé a ver si venía algo distinto, y vino la curtiembre del cuero; era absolutamente indescifrable, me salteaba etapas de curtiembre y de repente veía el zapato hecho, y no sabía para nada por qué procesos había pasado. "Dios mío", me decía, "¿no entenderé nada nunca?". Y me fui; me eché a caminar y había refrescado. Era la hora en que todos pasean; paseaban las señoras con sus hijos, paseaban los novios, las muchachas todas juntas, los viejos amigos. Todos hablaban y se dirigían a algún lugar alegre, y habían salido a su hora, oportunamente, después de haber dormido la siesta y de haberse cambiado, afeitado y bañado. Y no vagabundeaban por ahí y sabían muy bien a donde querían ir porque no siempre tenían la oportunidad de salir. Y las muchachas se contaban cosas unas a otras, se reían por lo bajo y se daban codazos, y las señoras llamaban a sus hijos o les compraban manzanas acarameladas donde está la maquinita que echa humo y uno se enojó con otro, pero nadie hacía en realidad mucho caso. "Así es", me dije, "así es y pronto será noche cerrada. Me voy a sentar o a dormir. Voy a volver a aquella plaza y ahora va a parecer lo más natural que repose en aquella plaza".

Y me siguió un perro; un perro lindo, todo lleno de pelo, medio sucio. Inmediatamente me puse a considerar de qué modo había empezado a seguirme: si espontáneamente o de modo vacilante; resolví que me seguía con una obsecuencia suficiente, pero no excesiva; en fin, la que corresponde. Le dije:

–Perro, perro. –Y vino más ligero. Pero pensé que a un ritmo ya previamente regulado, ya casi lo iba a desadoptar cuando lo vi adelante, me miraba. Entonces lo toqué con suavidad y se acercó más; lo quise llevar a un banco de la plaza, para que se sentara a mi lado y contempláramos juntos, pero no pude hacerlo sentar. Me senté yo en el banco y el perro se me sentó al lado y me tendió la pata, y yo me dije: "Este perro está conmovido. Nadie se puede separar de un perro conmovido". Pero el pensamiento me llenó de inquietud, nunca me había pasado algo así antes, y sentí ansias de moverme, de caminar, de hacer trotar a mi perro, que con el pelo sucio parecía medio enfermo, y el perro seguía sentado. Le dije:

–Vamos, pobre perro mío Canuto, vamos a andar. –Y él seguía sentado. Supuse que si me veía caminar, caminaría él también, y me siguió lentamente, y yo vi que se bajaba así, le quise dar ánimo, me acerqué demasiado y lo pisé. No gritó, o por lo menos, no lo recuerdo. Simplemente cruzó la calle y se fue. Y yo dije débilmente, dos veces–:

Perro mío, Canuto. –Y él se fue. Comprendí que era inútil instarlo. Seguramente se iría cabizbajo una cuadra, y después se iría a mear a algún árbol cercano, lo cuál no sería un obstáculo para que después siguiera cabizbajo. "Otra vez estoy en situación de pensar", me dije, "pero ya tan frecuentemente estoy en situación de pensar que toda coyuntura puede ser buena para eso". "Gran cosa es el pensar", decía un verso malo. ¿Será la última satisfacción que me depare el mundo, los malos versos? Dejemos que los malos versos ocupen su lugar. "Yo estoy en situación de pensar, y lo único que voy a hacer es lo siguiente: voy a comer", me dije. "El que no trabaja no come", dijo San Pablo y también los comunistas. Y yo dije: "El que no come no piensa. Voy a comer por moral, para después no tener excusas de debilidad para no pensar. Voy a comer con sobriedad, de modo que los humores no llenen mi cabeza ni se salgan por las orejas; pero quiero comer lo más rico que haya porque si no como lo más rico me va a agarrar tal desilusión que me va a ser imposible pensar".

Comí algo que no era para nada semejante a lo que comen los dioses en el Olimpo y tampoco era piadoso, ni era rechazable, ni era estimulante, ni siquiera era creíble: era una cosa que comían varios a mi alrededor. Y después de comer estaba igual que antes, con la cabeza algo más pesada que me decía: "Dormir". Iba contando las baldosas y caminaba al ritmo de la palabra "dormir". Cuando llegué a la pieza, no quise hacer el esfuerzo de desvestirme. ¿Para qué desvestirme si al día siguiente me tendría que vestir otra vez? ¿Qué espacio mediaba entre las diez de hoy y las ocho de mañana? Entonces solo dije al acostarme: "Eli, Eli, lama sabactani?". Y entonces me acordé de que alguien había dicho: "Este llama a Elías".

Tiempos nuevos

Corrían vientos de renovación en la Iglesia allá por el año 1960, y también llegaron al pueblo de Moreno. Esto se debió a que cambiaron de párroco, que era el padre Sotelo, un español que hablaba con muchas zetas, que estaba siempre irritado y que en una oportunidad, en vez de darle a la gente pobre un colchón que habían mandado los fieles con ese fin, lo puso en la pieza de huéspedes. El único huésped que recibía cada año, durante dos días aproximadamente, era el obispo, quien, por otra parte, rara vez se había quedado a dormir en la parroquia. Si bien los fieles estaban medio indignados por ese motivo, tenían que reconocer que el padre Sotelo decía unos sermones que conmovían el corazón hasta el fondo. Y en las partes más crudas, como por ejemplo cuando se refería al martirio de San Lorenzo, que murió asado en una parrilla, a todos se les ponían los pelos de punta.

Ahora, por su causa, entre los miembros jóvenes y los viejos de la iglesia había surgido una división; los jóvenes dictaminaban que no lo podían ni ver. Además, cuando los veía sentados con las piernas cruzadas, les decía:

–¡Golfos! ¿Qué postura es esa? Esa es postura de golfos.

Y por eso pensaban que lo del colchón había sido un acto incalificable, una burla a los pobres, que pretendía ponerse bajo el ala del obispo, que era servil, etcétera.

Los viejos también tenían sus argumentos: la pieza de huéspedes era un lugar húmedo y frío, con una cama de hierro y un colchón que más bien era un jergón. Y el obispo, a juzgar por lo que habían visto de él, era un hombre refinado, de maneras delicadas, cara delgada y unas manos largas y finas que cuando bendecían parecían palomas; llevaba su mitra y su solideo violeta con elegancia. ¿Y cómo un hombre tan fino, que no decía una palabra ni hacía un gesto de más, se iba a acostar en ese mísero jergón?

De todos modos, hubo tanta presión por parte de los jóvenes que el mismo padre Sotelo se sintió malquerido e incomprendido. Empezó a adelgazar y pidió que lo trasladaran a otra parroquia. En su reemplazo mandaron a un cura joven, de unos treinta años, pero que demostraba menos incluso, que llevaba eternamente una campera de cuero y casi siempre andaba de pantalones.

Los jóvenes estaban contentísimos; se llevaban la guitarra a la parroquia, hacían asados, comían empanadas, iban en parejas de novios y nadie les decía nada. Al contrario, el padre Roberto bromeaba con ellos, etc. Muchas costumbres de la iglesia estaban cambiando. Las campanas, por ejemplo, ya no repicaban los días de Pascua ni para Nochebuena; esas campanas que llenaban el aire contentas como diez minutos se suprimieron. Llegó una ordenanza muy severa contra los ruidos molestos y como a algunos pobladores les molestaba el ruido de las campanas, elevaron una queja a la intendencia, y el padre Roberto dejó de hacerlas repicar y volar y apenas si daba unos golpecitos secos y rápidos en Navidad y Pascua. En cuanto al toque de difuntos, se suprimió totalmente porque mucha gente del pueblo lo consideraba depresivo. De modo que él mismo meditó y consideró que, en efecto, podía llegar a ser un poco deprimente; y en vez de esos sones espaciados, largos y profundos que daba la campana cada vez que se moría alguien, ahora la consigna era otra: un solo campanazo normal.

Otras cosas fueron cambiando, que ya iremos viendo más adelante, y por causa de estos cambios, la gente vieja se fue alejando de la Iglesia, es decir, del templo no, porque ellos pensaban que el templo les pertenecía igual, porque en él habían bautizado a sus hijos y a él habían ido con sus padres. Pero, por ejemplo, en vez de seguir la misa como se rezaba ahora, iban a los altares laterales y les rezaban a los santos. O no iban a la cofradía; incluso las cofradías que ellos habían conocido ya no existían. No había más Hijas de María. El padre decía:

–Potencial o virtualmente, todas son hijas de María.

Ellas no sabían lo que era potencial o virtualmente; ellas sabían que antes eran Hijas de María porque les daban una cinta celeste con una imagen y debían arreglar el altar. Y cuidadito con portarse mal y no ser dignas de la imagen que llevaban.

Por eso, cuando vino ese novedoso padre Roberto, de las doce señoras que habían sido miembros de la Acción Católica, todas grandes, mayores de cincuenta y cinco años, no quedaban más que cuatro. Había quedado la presidenta, la señora de Forti. Era italiana, tenía un cuerpo grande, llevaba una boina oscura y una melena negra a lo Colón, renegrida. Se contaba que de joven había sido frívola, que en Europa se lo había pasado de fiesta en fiesta, que fue una de las primeras que se había puesto malla de baño cuando las demás llevaban un calzón largo. Todavía conservaba restos de coquetería, tenía unas manos muy cuidadas y sus ropas eran de color; pero de un cierto violeta, de un cierto tono de rojo; era como un obispo femenino, imponente de grande. Se pintaba bastante los labios también. Se contaba que había pasado de ser coqueta y casquivana a beata como ahora por culpa de la guerra. Pasó muchísimos sufrimientos en la guerra: se le murieron hermanos, pasó hambre, y un día, de la noche a la mañana, empezó a rezar y rezar y no paró hasta ahora; ahora rezaba fuerte en la iglesia, en italiano, sin importarle de nadie, nada más que de Dios Nuestro Señor. El primer día que vino el padre Roberto a la reunión, ella dijo:

–Oggi ricordiamo a Santo Giacomo de Compostela, che e preciso non confondire con Santo Giovane Bautista, discípulo di Nostro Signore e evangelista.

Inmediatamente el padre Roberto dijo:

–Actualmente el culto de los santos ocupa su lugar debido. Los santos no son seres inalcanzables que están más allá de nosotros, sino que son como nosotros, con sus flaquezas y sus miserias... Por eso decimos que los santos no están más en los altares, que han bajado de los altares para estar más cerca de nosotros, para confundirse con nosotros, los habitantes de este pueblo.

La señora de Forti no pudo reprimir una mirada de irritación y pensó: "Si están en los altares, por algo será".

Y le dio rabia la intervención del cura, que le impedía hablar de Santo Giacomo de Compostela, que le recordaba su infancia en Europa, allá lejos, cuando vivía su madre, que le decía: "Ponga unas flores en el altar de Santo Giacomo de Compostela".

Inmediatamente vino a interrumpir el silencio que se produjo Manuelita Catella. Dijo:

–Padre, padre –siempre decía "padre, padre"–, ¿no es verdad que los protestantes no tienen santos y que comen en vez de hostia, pan, y toman el vino en copa en vez de comunión?

–Debemos ser tolerantes con nuestros hermanos los protestantes, Manuelita.

–A mí no me gustan los santos de ellos, padre. No tienen gracia, ¿no? Pero si son nuestros hermanos, padre, hay que quererlos, ¿no? –El padre sonrió.

A ella, el padre, aunque podría haber sido su hijo por la edad, por el hecho de que él era cura le parecía que era como su padre. Se había criado en un asilo de las cercanías y tenía el tono solemne y sigiloso de la gente de ese asilo; pero como su alma era alegre, curiosa y pueril, le salía una voz disonante, con agudos estridentes. Manuelita estaba contenta con ese padre; el anterior, cuando le preguntaba alguna cosa (ella siempre empezaba así: "Padre, padre, tengo una duda"), le decía: "Pues cállese usted".

Recordaron que no habían rezado la oración del Espíritu Santo, con la que empezaba siempre la reunión. Se pusieron de pie y dijeron:

–Ven, oh, Espíritu Santo, llena los corazones de tus fieles y enciende en ellos el fuego de tu amor...

A esta oración le daba mucha importancia el padre Roberto, y la rezó completamente concentrado.

La señora de Forti, que en el fondo era un temperamento exuberante, imaginaba al Espíritu Santo como grandes lenguas de fuego que se acercaban y lo consumían todo.

Pero la que tenía una versión bastante fidedigna del Espíritu Santo era María Pérez. María Pérez era viuda, sus hijos se habían casado y se habían ido lejos y ella tenía tendencia a deprimirse. A veces se deprimía tanto que se quedaba sentada horas sin poder moverse. De repente, no sabía de dónde le venían fuerzas y empezaba a ponerse en movimiento:

–Es el Espíritu Santo –decía.

Para ella era algo raro y misterioso, como la yeta, pero al revés. María Pérez era discreta, hablaba poco y era querida por todos.

La última integrante del conjunto era también la de más edad: tendría unos setenta años. Iba toda de negro, las medias también, y para estar en la reunión no se sacaba el tul negro que llevaba en la iglesia. Tenía una nariz medio ganchuda, no hablaba jamás y rezaba las oraciones con todos, pero con la voz silenciada. Ella ya no colaboraba en las obras parroquiales, ni repartía ropas a los pobres, ni nada, no se sabía por qué. Parecía que hubiera nacido con el tul puesto y las medias negras, y que nadie le hubiera exigido nunca nada. Si no hubiera sido porque era ya vieja, le hubieran tenido desconfianza: tenía unos ojos chiquitos y duros, y una mandíbula grande y la nariz prominente. Pero, desde luego, no le hacía mal a nadie. No le conocían el apellido, la conocían solo por el nombre o sobrenombre de Botznia. Era croata. En realidad todos pensaban que era medio corta de genio, pero a esa edad no la iban a excluir de la asociación por eso. Una tarde que tosía muy fuerte, el padre Roberto le dijo:

–Ya sabe, si se siente mal no venga. Ahora, con los fríos, hay que cuidarse.

Pero indefectiblemente venía, y cuanto más frío hacía, más temprano llegaba.

El padre Roberto avanzaba en su campaña de "cristianización", como él decía; los jóvenes, ni qué hablar: eran soldados, apóstoles, mártires, sin dejar de ser simpáticos, modernos en apariencia, pero profundamente religiosos en el fondo. Quedaba para el padre Roberto, inteligente y filósofo, discernir en cada caso hasta dónde llegaba la apariencia y hasta dónde el fondo. Los señores parroquiales, ya maduros, medio pelados, estaban llenos de tino y buenos propósitos; y las señoras de la acción católica habían hecho progresos bastante notables. Por ejemplo, venía Manuelita y decía:

–Padre, padre, ¿no es verdad que hay que quererlos a los protestantes? La señora de al lado les rompió una biblia en la cara cuando se la estaban vendiendo y yo le dije que eso no se hace, ¿no? Porque los protestantes son nuestros hermanos.

–Muy bien, Manuelita.

La señora de Forti, si bien seguía rezando a los santos (hacía novenas para ella sola), ya no imponía a los demás el culto a los santos de su devoción, por lo cual los demás estaban contentos, porque antes siempre se lo pasaba mencionando unos santos que nadie sabía de dónde los había sacado, algunos que seguramente solo eran conocidos en su época, haría como mil años, y que recién el Santo Oficio estaría por canonizar, pero nadie estaba enterado, salvo la señora de Forti. Ahora ella solo hablaba de principios generales, como la caridad y la gracia, y cuando se desviaba hacia las anécdotas, cuando contaba cómo a San Cayetano Cristo se le apareció en forma de árbol, el padre Roberto, prudentemente, derivaba el tema a conceptos generales y operativos.

María Pérez siempre había sido discreta y sencilla, así que le gustaba el nuevo espíritu de la iglesia, sobre todo por la simplificación. Decía:

–¡Qué tanto altar con mantel bordado! Se gastaban los ojos y la vida bordando manteles. Y tanto altar alto, de oro, ¡un trabajo limpiarlo! Ahora todo se hace enseguida, las oraciones son más cortas.

Pero de la que no se podía saber si estaba de acuerdo con el espíritu actual de la Iglesia o con el anterior era Botznia, porque no manifestaba su opinión. Siguió viniendo asiduamente. Ahora, según la nueva costumbre de la época, cada una tenía que explicar el evangelio; cuando le llegó el turno a Botznia, solo supo decir:

–Cristo, hijo Dios, nació en pesebre, al lado vaca y buey.

Las demás se quedaron sorprendidas, porque eso no tenía nada que ver con el evangelio del día, que era el del joven rico que preguntaba qué debía hacer para salvarse. Cuando dijo eso, las demás la miraron despreciativas, salvo María Pérez, que no despreciaba a nadie. Y la pobre Botznia se sintió como censurada y sus ojitos se movieron detrás de los anteojos. El padre Roberto vio que estaba aturullada y dijo:

–A ver, Botznia, rece un poco en croata para ver cómo es.

Y todas, que antes la habían despreciado un poco, dijeron:

–¡Sí, sí, que rece en croata!

Botznia se hizo rogar un rato bastante largo; decía que no se acordaba. Por fin, cuando ya se habían cansado de esperar y empezaban a considerar el orden del día, Botznia dijo sorpresivamente:

–Muskarsi Amerike; Ni te voglim ni ta mirzim; Ecke, procleti Ecke.

–¡Qué hermoso idioma! –dijo el padre Roberto para animarla–. ¿Qué quiere decir?

Botznia dijo:

–No recuerdo bien. Es de ángel de la guarda.

En realidad, a ninguna le gustó el idioma croata, pero igual dijeron:

–¡Qué bonito!

Botznia había empezado a faltar a las reuniones; hacía como un mes que no venía. El frío no era motivo, porque cuando más frío hacía, más temprano llegaba.

–¿Dónde vive? –preguntó el padre Roberto.

–Vive en Villa Pajarito –dijo Manuelita–. ¡Es de lejos! Y si entra uno de noche, padre, ahí le dan un palo que lo dejan seco.

–No vaya, padre –dijo la señora de Forti, que solo iba de su casa a la iglesia y de la iglesia a su casa.

Pero el padre Roberto se subió a la motoneta y se fue a Villa Pajarito. Era un poblado triste, si se lo podía llamar poblado; medio poblado, medio descampado. Le preguntó a un hombre:

–¿No sabe dónde vive la señora Botznia?

–¿Botznia... Botznia...? No conozco ese nombre.

–Ya sé –dijo un chico que estaba allí–. Debe ser la vieja polaca.

Era complicado para ir y el hombre le dijo al chico que lo acompañara.

–¿Vos la conocés? –preguntó el padre Roberto.

–Sí –dijo el chico con una risita reticente.

–¿Hace mucho que vive acá?

–Sí, hace mucho.

Pero se veía que guardaba algún secreto.

Cuando llegaron, el chico preguntó asombrado:

–¿Y va a entrar?

–Sí –dijo el padre–. ¿Querés entrar?

–No –dijo el chico, muerto de risa sofocada–, yo no entro.

Como si fuera muy raro entrar.

–¿Y no viene nadie a visitarla?

–No sé, no. Tira piedras y grita: "Ecke, procleti Ecke".

Al padre Roberto le empezó a intrigar todo eso. Entró y sentada en la cama estaba Botznia. No tenía plata para comer, ni para ir en colectivo; tenía unos pollos que había criado, pero no tenía fuerzas para matarlos. La casa era una choza pobre, de madera.

–Allá calor, ¿no? –dijo con los ojitos iluminados.

–¿Allá dónde? –preguntó el padre Roberto sorprendido.

–Allá reunión. Lindo calor.

Entonces el padre se dio cuenta de que iba a las reuniones porque en su casa se moría de frío, y por eso llegaba temprano los días más fríos. Le dejó dinero y le dijo:

–Venga la próxima reunión. La esperamos.

Contenta, movió sus ojitos y se fue al almacén con su plata nueva.

–Hasta el viernes, Botznia.

–Hasta viernes.

Cada mes, más o menos, venía a rezar misa a la parroquia el padre Cheroff. El padre formaba parte del grupo de curas del rito oriental que pidieron al Papa que los aceptara y que los asimilara a la Iglesia. El Papa los aceptó, pero como el rito oriental no impedía el casamiento de los curas, estos estaban casados; y el Papa los admitió con sus mujeres e hijos. El padre Cheroff también estaba casado, y no vivía en la iglesia, sino en una casita alejada del centro del pueblo, con su mujer y dos hijos grandes, que eran obreros de una fábrica. Era viejo, duro de oído y de entendederas, petisito; andaba con una sotana bastante raída y era croata. Había pasado la guerra, pero no tenía ninguna opinión al respecto; si uno le preguntaba cómo era Croacia, decía:

–Allá chicos no llevar guardapolvos para ir a la escuela.

Después se quedaba callado. Al rato agregaba:

–Algunas cosas diferentes. Todo como acá.

Y se callaba. Los curas jóvenes y los muchachos de la parroquia le hacían bromas porque estaba casado; además él no quería ir de civil, él llevaba siempre su sotana marrón y manchada. Rezaba la misa y pasaba a la sacristía para que le pagaran; a veces tenía que esperar un rato largo, como veinte minutos; pero no por mala intención; había tanta gente que no lo veían. Él se aburría allí parado. Quería cobrar pronto los quinientos pesos que le daban y se iba a cuidar la huerta de su casa.

La misa que rezaba era desconcertante; había partes que eran diferentes del rito habitual; por ejemplo, la consagración. Se daba vuelta y anunciaba a la gente:

–Ahora comunium.

O si no:

–Ahora padrenuestro.

Una tarde que estaba allí en la parroquia porque había ido a pedir unos pesos, el padre Roberto le dijo:

–Cheroff, hay una compatriota suya en la parroquia.

–No hay compatriota –dijo Cheroff, que tenía la costumbre de negar sin esperar qué novedad le contarían.

–Sí, sí. Se llama Botznia.

–Ah, Botznia, sí. No compatriota. Ella del norte.

–¿Y no es todo el mismo país?

–Sí, pero te digo que no compatriota. Ella es de Breshna. Yo conocer. Muy brava guerra pasó.

–A ver si sabés traducir lo que dice Botznia.

–¿Traducir? –dijo Cheroff–. Yo no sé traducir.

Sin hacerle caso, el padre Roberto dijo:

–Dice una cosa que empieza así: "Ecke, procleti Ecke".

Los ojos del padre Cheroff se agrandaron de asombro y dijo:

–¡Oh!

–¿Qué es? –preguntó el padre Roberto.

–¡Oh! –repitió Cheroff.

Y del asombro pasó a una risa estentórea, rara, como si se estuviera burlando de él. Después dijo:

–Eso no es rezo.

–¿Qué quiere decir, entonces?

–Ecke, maldito; ecke es maldición terrible allá en tierra mía.

Y el padre Cheroff pasaba alternativamente del miedo pánico por lo que había dicho a una expresión rara en la que le brillaban los ojitos, como si de algún modo su compatriota Botznia se hubiera despachado a gusto, y después volvía otra vez a ese miedo misterioso y decía:

–¡Oh!

Quiso reparar el asombro que había causado, porque pensó que a lo mejor el padre Roberto la iba a echar a Botznia por eso, y dijo con tono de compasión, que recordaba un poco al de los mendigos, medio cadencioso, cuando se autocompadecen:

–Pobre compatriota Botznia, muy mala guerra pasó.

El padre Roberto lo miró; Cheroff, con su sotana raída y sucia, le dio lástima y fastidio. Esta vez le dio mil pesos.

Y había llegado el gran día esperado por todos los fieles y por el padre Roberto, que tanto había trabajado en eso: la inauguración del centro de recreación comunitaria, una gran construcción que habían hecho, con distracciones y diversiones para todas las edades. Para los jóvenes, fútbol, ping-pong y pista de baile; para los de más edad, juegos de salón, proyector y sala de estar. En eso y en otras cosas habían trabajado estos dos años, con gran entusiasmo, los jóvenes sobre todo. Los jóvenes se multiplicaban, hacían campamentos, reuniones, ayudaban en la construcción, etc. Su aspecto era saludable y alegre, pero estaban tan contentos que no buscaban otro horizonte que la parroquia y el centro de recreación. La señora de Forti, la presidenta de la Acción Católica, había depuesto en gran parte su actitud aristocrática, aunque siempre llevaba su vestido de obispo. Manuelita se había vuelto todo lo discreta que era posible tratándose de ella; y eso a fuerza de frenazos; la frenaban tanto que ya ella misma, cuando empezaba a hablar, se preguntaba si no diría alguna inconveniencia y se callaba. María Pérez seguía discreta, pasaba inadvertida. Botznia seguía infaltable y comía masitas y torta en las veladas de la parroquia. Botznia era un problema para el padre Roberto; sacarla no podía y dejarla era difícil; estaba muy vieja, algo tonta ya; de repente interrumpía la reunión que se desarrollaba lo más bien con cosas incongruentes o con alguna palabra en croata cuyo significado nadie comprendía. El padre Cheroff no rezaba más la misa; lo jubilaron; él no quería, pero lo jubilaron igual, porque como ahora la misa se celebraba en castellano y su castellano era deplorable, la gente ni iba a esa misa. Así que el padre Roberto le dijo:

–Ya estás muy viejo, has trabajado mucho, andá a descansar. Nosotros te vamos a ayudar.

Cheroff no rezaba más la misa, pero de vez en cuando se aburría de cuidar la huerta y andaba por ahí para ver cómo estaban haciendo el centro de recreación; y cuando veía las grandes canchas de fútbol, abría los ojos como dos huevos y decía:

–¡Oh!

Y no paraba de asombrarse.

A todo esto, el obispo iba a venir a bendecir las obras y ver cómo andaba todo. A la fiesta estaban invitados todos los fieles de la parroquia. Para inaugurar las obras, los jóvenes iban a jugar un partido de fútbol y en la sala de los mayores se proyectarían películas sobre la vida de los misioneros entre los esquimales y sobre los boyscouts africanos del Estado de Nueva Guinea. Los que no querían ver cine podían quedarse en la sala de estar, donde se jugaba a las cartas y al dominó.

–Ya saben –dijo el padre Roberto–, deben estar con naturalidad. No bien termine la recepción, que será breve, nada de largos discursos, cada uno ocupa las instalaciones y hace lo que más le guste. Así monseñor va a ver el centro de recreación en pleno funcionamiento.

Dicho y hecho. Llegó monseñor, delgado y espiritual, como siempre, aunque un poco más encorvado, pero con una curvatura que lo hacía parecer más elegante aún, si ello fuera posible. Todos esperaban alrededor de la mesa, amables y dicharacheros, como en una fiesta de Navidad entre parientes. Botznia estaba sentada en un rincón, y como les pareció que toda de negro y con esa nariz ganchuda estaba muy tétrica, le pusieron un hermoso poncho blanco y peludo sobre su pobre vestido.

–Hace mucho frío, Botznia, se va a resfriar.

Botznia luchó denodadamente y con toda buena voluntad para pasarse el poncho por la cabeza y para que los brazos le quedaran adentro y, al final, lo consiguió; pero se sentía trabada por ese poncho y cada vez que levantaba el brazo para agarrar una masita, lo mandaba todo para arriba.

Al padre Cheroff no le habían avisado nada que venía el obispo, pero él se enteró igual, y fue, como si fuese un día cualquiera, y decía a todo el que lo encontraba:

–Yo querer conversar con obispo. Conversación personal.

Él quería decirle que no lo habían invitado, que estaba pobre y que qué trabajo podría hacer ahora para la Iglesia. Pero el padre Roberto quería impedir a toda costa que él hablara con el obispo; quizá porque el obispo era una persona muy ocupada y tenía mucho que ver antes de preocuparse por lo que dijera Cheroff. Este andaba desasosegado de aquí para allá, caminaba y caminaba por toda la casa parroquial. El obispo lo miró casi de reojo, y aunque estaban a tres pasos de distancia, no hubo forma de que Cheroff pudiera dirigirse a él; por lo demás, el padre Roberto en ese momento lo instaba a que bendijera la mesa y se hicieran los brindis de rigor. El obispo bendijo la mesa hablando en castellano, modulando las palabras en forma muy clara, como si su auditorio precisara de mucha claridad para poder escuchar bien. Alguna señora pensó: "Muy breve, por tratarse de un obispo". Pero, por otra parte, daba la impresión de que justamente, porque era obispo, debía hacer las cosas en forma concentrada y breve, sin gasto superfluo de palabras.

Bebieron y comieron un poco. Botznia revoleaba el poncho de manera alarmante para alcanzar las masitas, pero la pusieron en un rincón donde no se la veía mucho, detrás de la señora de Forti, que la tapaba con su cuerpo enorme.

Después el padre Roberto invitó al obispo y a algunos señores a ver el partido de fútbol que estaba en el programa. Y se fueron. Otros señores prefirieron jugar al ajedrez, otros al dominó; las señoras charlaban animadamente y tomaban un poquito de licor. Pero con Botznia no charlaban, aunque de vez en cuando venían a atiborrarla de tortas, sándwiches y masitas. Cheroff caminaba solo, sin parar, recorriendo todo, entre asombrado y afligido. De repente hubo un momento en que Botznia no comía nada, estaba quieta, en perfecto estado de beatitud. Cheroff la vio como si recién hubiera reparado en ella, le dijo:

–¡Eh, Botznia!

–Eh –dijo Botznia sin ningún interés.

Hacía como treinta años que vivían acá y los dos eran de Croacia. El padre Cheroff se sentó al lado, agarró una copa de vino, se sirvió un sándwich y empezó también él a comer y beber.

–Bueno vino, ¿eh?

–Dniet –dijo Botznia.

Y él pidió que le alcanzara un pedazo de torta. No tenían ninguna nostalgia de la tierra, no tenían nada que contarse; pero una señora joven y dinámica los vio, todos de negro y con la nariz aguileña, Cheroff frotándose las manos como con frío, y les dijo:

–¿Por qué no van a la cocina? Ahí van a estar más calentitos, así hablan de cosas de su tierra. Alégrela a la pobre Botznia, que últimamente está un poco decaída.

Mansamente se fueron a la cocina; se pusieron contentos porque allí hacía calor. Botznia tomó dos copitas de licor y empezó a decir:

–Muskarsi Amerike! Dniet scoleva ventre.

–No decir eso, Botznia –dijo Cheroff con voz de sueño; tenía sueño y se quedó dormido. Al rato, Botznia también se quedó dormida sobre la mesa.

Y no vieron lo que pasó cuando volvió el obispo, cómo le habló a cada uno de los muchachos, ni cómo los muchachos tocaron la guitarra y cantaron, ni cómo bailaron la zamba, ni la película sobre los misioneros en China.

Y mientras el festejo seguía y se quedaban los íntimos de la parroquia con el padre y el obispo (los más buenos, los más trabajadores, los más inteligentes y los más comprensivos), alguien se acordó de que Botznia y Cheroff estaban en la cocina y los fue a buscar; cuál no fue su sorpresa cuando los vio durmiendo; era un señor parroquial medio pelado que tenía un hermoso autito gris. Los despertó, primero suavemente, luego con más brusquedad; los zamarreó un poco; ellos gritaron y cacarearon un ratito antes de despertarse bien, porque estaban asustados.

Los llevó a su casa en el auto; le daba trabajo meter a Botznia dentro del auto, porque no entendía que debía agachar la cabeza; y los llevó con buena voluntad hasta sus pobres y alejadas casas; era tan buen cristiano que ni siquiera le importó mucho que el auto se embarrara bastante. Y en el barrio de Botznia, que era casi descampado, se veía un atardecer rojizo y hermoso que cubría todas las casas. Las casas pequeñas de madera y de cartón, bajo esa luz rojiza, parecían hermosos navíos.

El amigo de Luisa

En la casa de Luisa los pollos estaban en un rincón oscuro y nadie los miraba. Lo único bueno de la casa eran las plantas de mandarinas. Luisa comía mandarinas cuando todavía estaban verdes, sentada entre las plantas. También había una manguera, pero con ella no se podía regar las veredas, ni tampoco jugar al carnaval.

En cambio, en la casa de la abuela se podía correr a los pollos, que estaban en un gallinero grande y hermoso, y también estaba la pata con todos los hijos detrás. Se podía tirar cáscaras de mandarinas en el gallinero y espiar las casas vecinas para mirar si había chicos.

Y ahora la gente de la casa de al lado se había ido y había venido gente nueva, y Luisa vigiló mucho tiempo para ver quiénes eran, pero después vio que solo había una señora gorda que tiraba maíz.

En la casa de la abuela se podía tirar la pelota al techo, y el techo la devolvía. Luisa, una vez, estaba jugando a la pelota y se le fue al techo, pero esta vez no la devolvía. El techo era bajo y Luisa sintió una voz detrás:

–A lo mejor la podrías bajar con un palo largo.

Y Luisa dijo sin darse vuelta:

–Yo no tengo ningún palo largo y mi abuela tampoco.

–A lo mejor te podría prestar una escoba.

Entonces Luisa se dio vuelta y vio a un muchacho que

estaba acostado en una cosa parecida a la camilla del médico, pero con la cabeza levantada, como si estuviera acostado de la cintura a los pies, y sentado de la cintura a la cabeza. Era un muchacho muy grande, más grande que su primo Ernesto, que tenía dieciséis años, y a él seguro que no lo mandaba nadie. Luisa le dijo:

–Entonces andá a buscar la escoba.

–No puedo ir porque estoy acostado.

–Bah, yo también si quiero me acuesto y después digo: "No puedo ir porque estoy acostada".

Y Luisa se acostó en el suelo y se levantó muy rápido, y el muchacho la miró con tristeza. Ya se había levantado cuando se dio cuenta de que él no podía ir a buscar la escoba, y fue a pedirle una escoba a su abuela. Su abuela no se la quiso dar porque la tenía ocupada, y entonces Luisa dijo:

–Bueno, no puedo jugar más a la pelota y entonces voy a charlar con vos.

Él estaba leyendo en un libro algo amarillo que tenía calaveras dibujadas y también piernas. Luisa no sabía leer bien, porque tenía seis años, y le preguntó:

–¿Qué aprendés?

–Medicina.

–¡Ah, ya sé! Eso es para curar la difteria y otras cosas. Yo tengo un tío que aprendió eso y ahora cura la difteria. Estudió veinte años porque se tenía que casar con mi tía, y mi tía le dijo que si no aprendía todos esos libros no se casaba con él, y él los aprendió.

Después Luisa le preguntó:

–¿Cómo te llamás? ¿Cuántos años tenés? ¿Estás solo? ¿Quién es la que tira maíz?

Y él respondió a todo y dijo que se llamaba Pedro. Y Luisa dijo que su papá también se llamaba Pedro, pero a su papá le decía por lo común papá, y en cambio a él lo iba a llamar Pedro. Pedro dijo que tenía veintidós años y que vivía con su tía, que era esa señora que les daba maíz a las gallinas.

Después Luisa rodeó la camilla y vio que se manejaba con resortes y lo hizo sentar y acostar muchas veces para ver cómo se bajaba y se subía. Después la llamaron porque la tenían que bañar, pero prometió volver cuando estuviera bañada.

Cuando Luisa estaba en su casa, la bañaba su madre y le pasaban piedra pómez por las manos, las rodillas y los codos, le lavaba la cabeza y decía que el jabón en los ojos no deja ciego a nadie. Entonces le dijo a la abuela que en su casa ella se bañaba sola y su abuela se admiró por todas las cosas que sabía hacer y la mandó a bañar. Luisa se bañó muy contenta porque después iba a ver a su amigo, y estuvo pensando todo el tiempo en la camilla, en los resortes y en el libro con la calavera y las piernas.

Era un día de verano a las siete de la tarde. Luisa se puso los zapatos blancos y un vestido celeste, pero no se peinó, porque tenía las trenzas de la noche anterior, y nadie hacía las trenzas tan durables como su madre. Eran unas trenzas fuertes y se podía correr moviéndolas y tirarse de los moños, y no se le iban a deshacer. Luisa se fue a visitar a su amigo, que la encontró linda, y Luisa dijo que no estaba todo lo bien que podía, porque los vestidos más lindos los había dejado en su casa. Después le preguntó:

–¿Cuándo te enfermaste?

–Hace dos años.

–¿Entonces tenías veinte años?

–Sí.

–¿Y qué hacés todo el día sentado?

–Estudio, leo, miro.

–¿Y nunca te aburrís?

–A veces, pero siempre tengo que estudiar.

–Mañana vamos a jugar a la pelota. Yo la voy a bajar del techo y te la voy a tirar tan bien que nunca se te va a caer al suelo, pero ahora quiero que me cuentes un cuento, porque vos sabés cuentos.

Él empezó a contar un cuento, pero por la mitad no se acordaba y entonces Luisa lo terminó y le contó un montón de cuentos a él, y así estuvieron mucho tiempo y se les vino la noche sin darse cuenta. Y Luisa dijo:

–Uy, ya salieron las estrellas; ahora me tengo que dormir.

Y después Luisa se fue.

Un día Pedro había llevado una radio y la había puesto en el pasto. Tocaban un vals muy hermoso. Era de mañana y estaba todo lleno de sol, y cuando Luisa oyó la música vino a visitarlo y vio que estaba pensativo. Luisa le dijo:

–¿En qué estás pensando?

–En nada. ¿Trajiste la pelota?

–Estás pensando en cosas que no me querés decir. Entonces uno tiene que decir: "No puedo decir en qué estoy pensando".

Él se sonrió y otra vez volvió a quedarse pensativo. La radio tocaba música y Luisa tenía ganas de bailar en el pasto y se puso a bailar. Luisa pensaba que quería tener un traje de bailarina o, por lo menos, de dama antigua, pero tenía un delantal rayado y trenzas. Pero Luisa bailaba igual, y él se dio cuenta y le causó risa ver a Luisa bailando, agarrando la pollera, que era tan corta, y saltando para los costados como una cabra chica y rematando cada final con saltos, como si saltara a la soga. Ella se dio vuelta y dijo:

–Te estás riendo de mí y no voy a bailar más.

Estaba tan cansada que se sentó al lado de la camilla. Como estaba cansada, no vio que él estaba pensativo otra vez. Y de golpe apagó la radio y se acabó la música.

–¿Por qué acabaste la música? Era linda –dijo Luisa, muy cansada. Él no contestó nada y Luisa se fue a comer.

Estaban los dos en el jardín y oscurecía. Por la calle no pasaba nadie y ellos estaban callados. Luisa dijo:

–¿Eras lindo cuando eras sano?

–Sí, era lindo.

–¿También eras alto?

–También.

–¿Tenías las piernas largas como ese hombre que pasó ayer por la calle?

–Más largas.

–¿Y te vas a curar?

–Sí, a lo mejor alguna vez me voy a curar.

–Cuando te cures te vas a ir, ¿no?

–Sí, me voy a ir a estudiar.

–Sí, y no vas a charlar más conmigo.

Él se sonrió y estaba pensativo. Luisa lo había visto siempre con las piernas tapadas y quería ver cómo eran.

Se imaginaba que tenía dos piernas de metal, como si fuera un muñeco mecánico que estuviera vivo de la cintura para arriba; y abajo, de lata o de hierro. Y tenía mucha curiosidad por ver sus pies, pero él no quería. A veces ella llevaba el cuaderno y el libro de lectura y escribían y hacían dibujos, y su amigo sabía hacer dibujos muy hermosos: sabía hacer naranjas en las que se veían los gajos. Luisa también sabía hacer naranjas pero no enteras, y no podía conseguir que se vieran los gajos.

A Luisa le gustaba ver libros de figuras, pero él no tenía, y a veces le mostraba las figuras del libro de medicina. Eso cuando Luisa se había portado muy bien y cuando no preguntaba tanto.

En la casa de la abuela iban a festejar el cumpleaños del hermano de Luisa. Iban a venir los primos y también los tíos, iban a traer regalos y Luisa se iba a poner un vestido nuevo. Iba a venir mucha gente, porque hervía el chocolate en una olla y la madre lo revolvía. La madre se fue adentro y le dijo a Luisa que le avisara si el chocolate se volcaba. Luisa estaba mirando el chocolate subida a una silla y sintió que alguien le tapaba los ojos. Era su tía Catalina, que venía trayendo un paquete de regalo. Luisa protestó y lo quiso abrir, pero la tía Catalina se lo llevó. Eran las siete y estaba anocheciendo, y pronto iban a tomar chocolate con torta. Después vinieron los primos y Luisa no supo cómo, y los encontró sentados en el carro de su hermano. Jugaron al carro hasta que llegaron las ocho y recorrieron toda la manzana en carro, y alrededor estaba el campo y no había casi casas. A las ocho iban a tomar chocolate y Luisa preguntó si habían invitado a su amigo. Su amigo llegó a las nueve y tenía las piernas cubiertas con una manta; estaba en la camilla, sentado. Se quedó un rato en un rincón y después se fue, y Luisa no se dio cuenta de que se había ido, y cuando fue a ver, ya no estaban ni él, ni la camilla. Y Luisa pensó qué iba a ser de la fiesta ahora que su amigo se había ido, pero después siguieron jugando en carro hasta las nueve y media y se acostaron muy cansados. Esa noche su hermano vomitó en el colchón.

Ahora su amigo no estaba más en la camilla, estaba en un sillón de ruedas y él lo manejaba. A Luisa le resultaba muy extraño verlo mover el sillón y quería empujarlo, pero no siempre él se dejaba empujar, y Luisa tenía miedo de que se enojara. Luisa decía:

–¿Después del sillón en qué te van a poner?

–Después del sillón, muletas, y después bastón y después voy a caminar.

–¿Como yo?

–Claro.

Luisa entonces se quedó pensando y le dijo:

–¿Y vas a estudiar en ese libro del cuerpo humano?

–Sí.

–¿También vas a comer levantado?

–Quién sabe.

–¿A quién le vas a regalar ese sillón? ¿A mí o a ese hombre de bigotes que te invita con cigarrillos? ¿Por qué no fumás ahora? Ahora quiero que eches humo por el costado. Le dije a mi papá que echara humo por el costado, pero no lo hizo.

–Bueno, ahora vamos a leer –dijo Pedro.

–Sí.

Y Luisa leía en su libro y él en su libro del cuerpo humano, y así pasaba casi una hora, y después se cansaban y volvían a charlar.

Luisa tuvo que volverse a su casa porque empezaba la escuela. La madre le fregaba las rodillas y los codos con piedra pómez y siempre le cortaba las uñas. Tenía una sola amiga que iba a jugar a su casa, pero ella la odiaba.

Una vez, en su casa, la madre le dijo al padre:

–Parece que Pedro se cura. Fue otra vez a esa institución.

Pedro no le había contado nunca a Luisa que iba a la institución, y a lo mejor todavía ahora algunas veces estaba en el jardín leyendo su libro y con las piernas tapadas con una manta.

Luisa pasó tres largos meses hasta las vacaciones de invierno. Todo ese tiempo venía la chica a su casa, y Luisa la odiaba porque agarraba las tortas de a dos, se las ponía en el bolsillo y después las comía tan despacio que nunca acababa, y esa chica no se iba nunca, ni a la noche.

En las vacaciones de invierno Luisa fue a la casa de la abuela. La besó rápido y fue a espiar a su amigo por el cerco. No estaba en el jardín y la casa parecía cerrada. Luisa le preguntó a la abuela y la abuela le dijo:

–Se fueron hace un mes y te dejó un abrazo grande.

Luisa miró el jardín y estaba vacío. Quiso bajar la pelota del techo, esa con la que quisieron jugar antes, pero nunca la usaron porque jugaban con otra, y la bajó, pero estaba ardida y resquebrajada por el sol. Luisa se puso a llorar porque su pelota no servía más. Tiró montones de cáscaras de mandarina al gallinero y corrió a los pollos por todos lados.

A la mañana se despertó y fue a espiar la casa de al lado y no había nadie.

Al mediodía le dijo a la abuela:

–Abuela, me voy a mi casa.

Y la abuela quiso que se quedara, pero Luisa igual se fue.

Cuando llegó, en su casa estaba tomando la leche esa chica, y se guardaba las tortas de a dos y después las comía muy despacio. Luisa la miró y dijo:

–Ahora vamos a jugar a la escondida.

Y cuando la chica terminó de comer las dos tortas que tenía en el bolsillo, Luisa fue con ella a jugar a la escondida.

Un posible marido viejo

Hace poco tiempo, se me ocurrió que me tenía que casar con un viejo. Fue por unos días nomás. Yo me imaginaba un viejo redondo, sólido, de más de sesenta años, no un hombre medio viejo. El viejo tendría lo que se llama experiencia de la vida y yo haría lo que se me antojara. Él me querría, me protegería, me acompañaría cuando yo lo precisara y se iría enseguida cuando viera que importunaba.

Y en los momentos en que no supiera qué hacer, recurriría a la experiencia del viejo para que me distrajera, para que inventara en qué pasar el tiempo, etc. Es decir, en la experiencia de la vida nunca creí demasiado, más bien esperaba del viejo la falta de ansiedad y la eficacia. No se me ocurría ni por un momento que yo podría ser malísima con él y rencorosa, tan mala como para hacerlo enfermar o morir; o que el viejo fuera maniático y yo tuviera que decirle siempre qué hora era o si hacía buen o mal tiempo.

Ya casi me había olvidado de todo eso cuando una tarde, en un bar, nos encontrábamos un grupo de gente conocida. Ya hacía mucho tiempo que estábamos allí, medio cansados, sin decirnos nada, pero una vaga esperanza flotaba sobre la mesa. Apareció entonces un viejo de unos sesenta años. Aunque yo no lo conocía, era conocido de la gente de la mesa.

Empecé a alegrarme y a examinarlo. No era en realidad el viejo que yo imaginaba; este era un viejo pintor, con corbata negra de moño y el pelo bastante largo y ondeado a lo poeta. Noté que el viejo se encontraba lúcido, lo cual era conveniente. Yo le dije:

–Siéntese.

El pintor se sentó a mi lado y con eficacia y falta de ansiedad me preguntó:

–¿Cómo te llamás?

–Catalina –dije yo, y era mentira.

Un hombre joven hubiera puesto reserva, ironía o timidez en la pregunta; él preguntaba como un viejo maestro que ha tenido muchísimos alumnos y que, con cansancio y renovado interés, aprende el nombre de un alumno más. Su voz era agauchada y buscó en "Catalina" un antecedente mitológico o de santoral, no me acuerdo, porque me estaba divirtiendo con el equívoco del nombre.

Era curiosa esa mezcla de Martín Fierro e historias de Juana de Arco. Como yo me sonreía, suspendió sus disquisiciones y me preguntó:

–¿Pero en serio te llamás Catalina, che?

–Sí –dije yo. Y era mentira.

–Entonces ni que hablar: Catalina –dijo el viejo, y ya se aferraba a esa realidad y estaba dispuesto a utilizarla. Los de la mesa miraban, medio curiosos, medio fatigados. El viejo seguía hablando y yo me aburría un poco. Ya casi me contagiaba del cansancio de los demás, cuando él empezó a escribir cosas en un papel y me las mostraba; yo escribía otras y se las mostraba; eran pavadas sin ningún sentido y no pude adivinar si el viejo pretendía atribuirles alguno más allá de lo escrito.

Escribía con prolijidad y aclaraba las letras para que se entendieran bien.

Después de pasarnos tres o cuatro papeles con pavadas, la gente se tenía que ir y él me dijo:

-Vení, vamos a tomar un café a otro lado.

Fuimos a tomar un café cerca, nada parecido a ese café antiguo donde habíamos estado. Era una especie de bar americano con mesitas de colores y tacitas también de colores.

Se ve que él conocía a los mozos del lugar y los llamaba por el nombre. "Está bien", me dije, "eso corre por cuenta de la eficacia".

Pero me asombró que tomara café en su tacita de plástico colorado. "Y bueno", pensé, "debe ser normal. Si no la gente vieja no aprendería a decir 'plastiloza' ni 'nylon'", que es como yo hubiera preferido. Empezamos a hablar del mundo y de la vida. Yo hablé sobre todo de la Biblia. A mí me gusta hablar de la Biblia, sobre todo del Libro de Job, y no sabía si no le estaría echando margaritas a los chanchos, porque el viejo tenía una gran capacidad de adaptación a las circunstancias, y yo, principios definidos. Cuando le decía que algo no era así, él decía:

-Yo no digo así, sino aproximadamente así, lo que es muy distinto -subrayando el "distinto" con prescindencia de mí y volviéndose rápidamente al mozo para que le trajera otro café en la taza de plastiloza.

Descubrí entonces que hablar de la Biblia en ese momento era una muestra de mi capacidad de histrionismo. Yo quería ver a dónde iba a llegar y noté que mi voz se ponía tozuda e infantil, y el viejo sonreía. "Ahí está la falta de ansiedad", pensaba yo. Y entonces lo miré bien a los ojos, pero desvié enseguida la mirada.

Hablando de la Biblia, el viejo empezó a contarme la muerte de su padre, que, según yo imaginaba, debía haber sucedido como cuarenta años atrás, pero había sucedido hacía solo dos años, y él me dijo:

–No te imaginás cómo me quebrantó, che.

Yo pensé: "El padre debía tener noventa y ocho años". Y me contó cómo le quería prolongar la vida a toda costa. Me contó que el padre se quería morir porque sufría mucho y él le prolongaba la vida con inyecciones, con consejos, etc. Y el padre le decía:

–Dejame morir, por favor.

Además el padre quería recibir los sacramentos antes de morir, y él, entre los consejos que le daba para vivir, le decía a ese reviejo postrado que recibir los sacramentos era una cobardía en ese momento y una serie de cosas por el estilo. La conducta del pintor me pareció poco eficaz y llena de ansiedad, lo que me preocupó y me hizo cavilar.

Yo había pensado que como se sentaba conmigo y tomaba café, el viejo estaba de vuelta de todo. Pero yo no le dije nada de eso y ahora él quería invitarme a cenar. Me dijo:

–Vamos a cenar, Catalina.

–No tengo ganas de cenar –le dije.

Insistió varias veces y yo no quise. Cuando ya era tarde y los bares estaban desolados o cerrados, dije:

–Bueno, me voy.

–Te acompaño –dijo el viejo–. ¿Adónde vas?

–A mi casa –dije.

Pero antes pasamos por los bares, caminando silenciosos, y le dije:

–Voy a mirar por los bares a ver si está la gente.

–¿Qué gente? –preguntó el viejo, y noté por el tono que se consideraba excluido, pero la posibilidad de quedar excluido no lo anonadaba ni lo convertía en un trapo; era natural que quedara excluido porque era un conocido reciente. Yo, caminando por la calle y buscando a la gente, que con seguridad a esa hora ya se habría ido, y el viejo estábamos los dos, por distintas razones, tan desolados y ansiosos como los chicos. Yo porque buscaba a la gente que no estaba –y miré bien en varios cafés vacíos–, él porque me acompañaba a mí, buscando a una gente que no conocía, con su corbata de moño y su pelo a lo poeta.

–No busques a la gente –dijo con su capacidad de rápida adaptación–. ¿No ves que la gente no está?

–No está –dije yo, y me puse triste y casi no dije más nada.

El viejo lo observó y me dijo:

–Estás triste, Catalina. Estás triste por algo. –Y en un tono que era más mundano y agauchado–: ¿Y Cupido? ¿Cómo te trata Cupido, che?

"Faltaba eso", pensé. "Lo único que faltaba era que el viejo me preguntara eso", pero me sorprendí contestándole sin ninguna ironía, con una sonrisa triste:

–Más o menos.

Entonces él, con vacilación, me dijo:

–Un día de estos podés venir a ver mis cuadros. Queda al tanto y tanto.

Me di cuenta de que era un modo que pretendía ser eficaz para encubrir un fracaso, que tenía ganas y esperanzas de que fuera y que también sabía con un costado que yo no iba a ir, pero su índole le llevaba a pensar que a lo mejor quién sabe. Que yo fuera o no fuera no alteraba demasiado sus planes.

Pero alguna tarde, cuando pensara en lo bien que había hecho en no darle los sacramentos a su padre, se acordaría de alguien que se llamaba Catalina, muy vagamente, y después pintaría un cuadro, seguramente informalista y abstracto.

Yo sabía con seguridad que no iba a ir, por eso le dije:

–Sí, una tarde de estas voy a ir.

Nos dimos un apretón muy fuerte de manos. Yo no quería que él se fuera triste porque era muy tarde y hacía frío. No quería que se fuera a acostar con una bolsa de agua caliente.

Quería que siguiera caminando por las calles de Buenos Aires y que la gente al verlo dijera:

–Ese debe ser un gran pintor.

Y que él se reconociera en la mirada de la gente y que, al fin, entrara en alguna fiesta donde hubiera buen jazz, por ejemplo, y donde él llamara por los nombres a su gente amiga o enemiga.

Creo además que no quería que estuviera triste porque, egoístamente, quería reservarme toda la tristeza para mí. Lo dejé sin mirarlo y emprendí una búsqueda desesperada de la gente por todos los bares de Buenos Aires.

No la encontré.

Un viaje a Bahía

El error en realidad fue ir a Bahía porque había antigüedades y pobreza. Mis propósitos no eran exactamente esos, más bien me estaba escapando, pero con tal inercia, que el único modo de haber hecho turismo en Bahía como es necesario habría sido sobre una silla de ruedas. Impulsando con diligencia mi silla de ruedas, yo habría recorrido las callecitas antiguas y tal vez habría entrado en alguna iglesia. Pero no entré en ninguna y recorrí con muy poco abandono las calles y el puerto. Cuando iba al puerto y me sentaba un rato en la costa, esperaba vagamente que viniera un zepelín, piloteado por dos hombres franceses de bigote, y que se incendiara en el aire o acuatizara y yo y toda la gente, todos los negros, fuéramos a recibirlos con grandes fiestas, comidas, etc. Como eso no ocurría, me iba a mi pieza a leer el diario de Bahía y buscaba mucho color local en el diario. Generalmente no lo encontraba, y cuando lo encontraba, decía: "Esto tiene color local y lo podría guardar". Después terminaba envolviendo con el diario toda una cantidad increíble de basura que yo dejaba en el piso y la tiraba a un canasto que era la cosa más triste y mezquina de este mundo. La mía era una pieza que si uno no se había decidido a tenerla para siempre, por elección, para morirse por ejemplo, no se sabe qué relación podía tener con el turismo. Daba la sensación de que en cualquier momento podía entrar alguien; podía entrar el hombre bizco con un ojo azul y otro marrón que hacía la limpieza usando como balde una lata enorme; venía y me mataba o me dejaba encerrada con llave, sola. De modo que en los momentos de cordura, yo abandonaba la pieza, me iba a bañar y lavar la cabeza al baño, que tenía una enorme ventana que nunca se podía cerrar bien, que daba al mar, con una vista muy hermosa, pero yo no podía prescindir de que estaba en el baño y que en ciertos momentos tenía que cerrarla, porque no quería que me viera un barco desde lejos. Una vez, sin embargo, que ya estaba bañada y limpia, me senté en el suelo del baño y me puse a mirar un ratito el puerto y todo, hasta que me di cuenta de que estaba mirando y dije: "Se me hace tarde". Decir "se me hace tarde" es una costumbre saludable cuando uno tiene algo que hacer, pero mi imaginación no me proponía más que comer o tomar café, comprar el diario y encontrar a un pintor argentino muy famoso que yo, sin conocerlo, imaginaba viejo pero conservado, con barba, pipa, recursos, pintamonas o pintabarcos. A pesar de eso hice un montón de gestiones para conocerlo, pero sin ningún resultado. Iba veinte veces con cara de culpa a la librería que estaba al lado del hotel, donde se harían tertulias literarias, pensaba, preguntaba por él y me decían que ya no estaba. Hasta en el Banco pregunté por él y me atendió el gerente. Me dio un poco de miedo, pensé que me iba a cobrar alguna cosa o descubrir que yo no tenía fondos, por ejemplo. Al pintor, como es natural, no lo encontré. Cuando volvía de no encontrar al pintor, me encontré con una conocida de mi adolescencia, que estaba buscando antigüedades y folklore.

–¿Qué hacés en Bahía? –le pregunté.

Entonces me dijo que hacía dos meses que estaba y que si por ella fuera, viviría toda la vida allí. Yo, en un ataque súbito de valentía le dije que yo no, pero igual, por cortesía, no me pude negar a ir al lugar donde ella vivía, donde había piezas en la parte alta y abajo era un museo, todo lleno de antigüedades. Un poco por cortesía y otro poco por cumplir, como se dice, pensé: "Ahora veo todas las antigüedades juntas y ya está". Además, hacía muchos días que no hablaba con nadie y quería contarle que se me había roto la pileta de la pieza y había corrido el agua por el piso, cosa que tomó con bastante naturalidad. Fuimos entonces al museo. A pesar de que los pisos estaban deslumbrantes, todo muy limpio, los trajes coloniales me parecieron un poco sucios, pero había algunos muy hermosos. Además no se podía fumar. Si me hubiera podido sentar en el suelo y, fumando, mirar un poco todo, tal vez la visita habría sido distinta. Después salí y no vi más a mi conocida y viví como los días anteriores, salvo que iba y venía muchas veces de una estación lejana, donde tenía que tomar el ómnibus de vuelta.

El último día que me tenía que quedar, me sentía llena de melancolía y esperanza; tomé una cosa distinta de un café, agua mineral, porque también tenía mucha sed y calor, pero no eran obstáculo para mi melancolía y mi esperanza. Dejé la billetera sobre el mostrador y me robaron el dinero que tenía para la vuelta, que era poco. Estaba bien así. Mejor que me lo hubieran robado; no tenía dinero y ahora debía pensar en conseguirlo.

Era el momento de poner a prueba mi espíritu de aventura y mi eficiencia, cosas de las que siempre desconfié, pero mi melancolía y mi esperanza me decían que algo nuevo iba a ocurrir, y que yo seguramente iba a recibir ese dinero y de sobra para volver. Algún ángel se iba a hacer cargo de mí. Pero hacía calor y estaba un poco cansada. Volví al hotel y miré lo que tenía para vender; tenía un pañuelo blanco para la cabeza muy lindo, todo sucio, y un disco de un baile del lugar, que la gente de Bahía seguramente no querría comprar.

De pronto se me ocurrió una idea luminosa. Yo había observado muy atentamente el día anterior una cosa insólita. Una mujer, de pelo casi rapado, huesuda, con un piyama que le llegaba a las rodillas, zapatos abotinados y anteojos. Se acercó a grandes trancos a la portería y dijo que en su pieza había un ratón y que no lo podía tolerar. No estaba alterada, era simplemente una cosa que no podía tolerar. El negro, que la atendió sonriente, pensando que un ratón se puede tolerar y que a ella también se la podía tolerar, fue a ver el ratón y lo echó. Yo espié qué pieza era, y era la de al lado de la mía.

No le di importancia a eso. Cuando pensé en vender, dije: "Ya sé, a ella le voy a vender el pañuelo y el disco". Pensé que una mujer así lo menos que podía hacer era comprármelos; ya bastante sacrificio hacía yo desprendiéndome de eso.

Cuando le fui a vender el pañuelo y el disco me emocioné; pensaba que era una pobre persona que debe vender cuanto tiene y me acordaba de Dostoievski.

Casi temblando fui con el pañuelo y el disco; su cara mostraba la indiferencia más absoluta y me dijo que no me compraba nada porque no usaba pañuelo en la cabeza y no compraba discos; me asombré y me sentí tan humillada que me fui casi llorando; no solamente ningún ángel me había dado el dinero, sino que esa especie de marciana me lo negaba con tal seguridad que me hacía pensar que tener un disco y un pañuelo era una cosa ridícula. Y además agregó:

–Pero le puedo dar el dinero.

Me fui violentamente, sin saludarla, dispuesta a pedir plata al chofer del colectivo o a un mendigo. Cuando me vio así, me siguió, reflexionó un poco y dijo:

–Vamos a conversar.

Yo podría no haber conversado nada, pero mi violencia se convirtió en curiosidad. "La marciana quiere conversar", pensé.

–Bueno –dije.

No me acuerdo cómo empezó las averiguaciones, pero sé que la conducían a saber que yo era una persona letrada y me enteré de que ella también era una persona letrada, que estaba en Bahía para estudiar folklore y antigüedades, y que iba a ir a Buenos Aires. Por mi parte la cosa no habría pasado de ahí, si no fuera porque quería averiguar qué relación había entre una persona letrada y la intolerancia de un ratón y, por otra parte, escuchaba una voz que me decía: "Tenés que mostrarte muy inteligente para ganar el dinero; si no te mostrás inteligente no te van a dar el dinero".

Sentí un poco como si participara en un torneo, y ella fuera la Reina de Corazones de *Alicia en el País de las Maravillas* y yo, por qué negarlo, un poco Alicia. Al mismo tiempo su rigidez era tan perfecta que si en ese momento me hubiera demostrado toda la sabiduría del mundo y me hubiera demostrado con esa calma la cuadratura del círculo yo no me habría asombrado para nada.

Algo siniestro me decía que tenía toda la sabiduría del mundo. Su enorme cabeza cuadrada había pensado en todas las cosas que hay que pensar: geografía, historia, matemáticas y también el corazón humano. Cuando llegamos al corazón humano, siempre en un terreno de generalidades decorosas y tanteo expectante y objetivo, me ensombrecí y después sonreí, pero una voz tenaz me decía: "Adelante".

Cuando me dije "adelante" en seguida ensayé el placer de manejar la situación; yo podía efectivamente decir cosas brillantes, pero noté al momento que no servía para nada; era como si otra persona estuviera hablando; hice una pausa y la miré bien; noté una cosa curiosa: estaba sentada en la cama con las piernas muy juntas, con su piyama, y limpiaba cuidadosamente sus anteojos, con cierta humildad, y tenía los pies juntos y una pulserita de oro que llevaba un poco alta en el brazo, en la que no había reparado, y sus ojos azules y pequeños, un poco cansados, le daban un aire desolado y al mismo tiempo la devolvían a su infancia, una infancia en Alemania, seguramente, donde su padre, por qué no, a lo mejor la quería.

Me callé completamente y se hizo una pausa.

–Bueno –dije–, me voy a acostar.

Se dirigió a la mesa, tomó la billetera y me dio el dinero.

Así es, allí estaba el dinero, hablé de modos de devolución, absolutamente inconexos.

–Por favor –me dijo, y vi que su cara se retraía y, sin perder la firmeza, se ponía un poco pálida.

–Bueno –dije yo sonriendo y tratando, con cierto esfuerzo, de dar calor a lo que decía–. Hasta Buenos Aires.

–Así, sí –dijo ella–. Hasta Buenos Aires.
Me fui con un peso más y un peso menos.

El budín esponjoso
(1977)

El tío Pipotto

–Bersaglieri, corpo a terra! –decía mi abuelo.

Y todos los chicos se ponían cuerpo a tierra en la cocina. Mi abuela miraba despectiva.

–La testa a sinistra –decía mi abuelo.

Y los chicos doblaban la cabeza a la izquierda.

–Ya pasó un tren –decía mi abuela con voz amenazante.

Mi abuelo era cochero y debía correr detrás de cada tren para esperar a los viajeros. Los trenes pasaban cada dos horas; si él no se apuraba, los llevaba el otro cochero. Mi abuela veía llegar el tren como desde dos kilómetros de lejos; todo ese tiempo lo empleaba en apurarlo para que saliera a esperar a los viajeros. Pero ese tren se perdió y mi abuelo les decía a los chicos:

–Yo era bersagliero alpino, soldado d'il re.

Mi abuela, cada vez más exasperada, interrumpía la instrucción militar casera diciendo:

–Ma que re ni re. Te da de mangiare il re? Mangiale el morro al re.

Mi abuelo, profundamente mortificado por esa falta de respeto al rey de Italia, le decía:

–¡Apátrida!

Ya estaba decepcionado; ya todo su entusiasmo por los ejercicios militares ella se lo había aguado. Ya bien podía ir al pueblo a buscar el otro tren o al diablo.

A mi abuela le importaba tres pitos que él le dijera "apátrida".

Más bien le importaba tres pitos que él le dijera nada. Ahora que él salía, ella ya podía ocuparse de la cabra, del chancho y de la vaca Matilde.

El chancho y la cabra estaban cerca de la cocina, pero separados entre sí, como si cada uno tuviera su jurisdicción. Pero esta vez mi abuelo no alcanzó a ir al pueblo a buscar a los viajeros: como a diez cuadras vieron venir un coche con un viajero que se encaminaba para la casa de ellos. ¿Quién sería? De lejos se veía que el coche andaba con buen paso, esmeradamente, que el cochero se preocupaba por llegar pronto y bien.

–¿Quién será? –dijo mi abuela.

Hizo algunas conjeturas con mi abuelo, por lo tanto se amigaron momentáneamente, después tomó las medidas necesarias: María estaba sin vestido y tenía que esconderse en la pieza; habrá que alejar a la cabra y al chancho un poco más de la casa.

Todavía tuvo tiempo de decirle despectivamente a mi abuelo, a medida que iba apreciando al viajero:

–Te perdiste una propina.

Mi abuelo no contestó porque pensaba en quién sería.

Cuando se fue acercando, se vio un hombre de unos cincuenta años, gordo, con cadena de reloj, con una linda cara y muy bien vestido. Se bajó y dijo:

–¡Teresa!

Mi abuela lo miró, lo miró y dijo:

–Ah, sí.

Pero no sabía quién era. Era su tío de Lima, que había

venido a pasear a Buenos Aires. Mi abuela estaba más bien mortificada.

Pensaba: María tenía orden de quedarse adentro por lo del vestido, ¿y si salía? Habrán sacado el chancho pero quedaban marlos de maíz tirados por ahí, ella tendría que matar una gallina porque ese tío querría comer. Además era como si el tío supiera que en esa casa se jugaba a estupideces, al cuerpo a tierra, como si las cosas estúpidas que sucedían siempre se volvieran más estúpidas.

Era como si hubiera llegado un inspector que por una parte producía molestias porque había que tratarlo amablemente, darle de comer, etc., y por otro lado, mi abuela tenía ganas de alcahuetearle algunas cosas a su tío.

El tío Pipotto examinó el panorama: el chancho, la cabra.

El chancho se había acercado y él lo espantó más lejos. Él cuando tenía veinte años cuidaba chanchos en Italia, pero ahora era industrial. Lo echó con un gesto de fastidio, como si un chancho fuese una cucaracha, pero otra sensación también tenía: como cuando uno sueña que vuelve a la escuela secundaria y tiene que rendir un examen que en el sueño uno sabe que ya lo rindió, o como un adulto que se pone a jugar a la bolita, sabe perfectamente jugar, emboca, etc., pero no tiene ningún entusiasmo por el juego. Le echó una mirada crítica al chancho; ni siquiera le producía excesivo rechazo. Un chico estaba quieto, sentado, tímido; no se acercó a saludar a su tío Pipotto. El tío Pipotto dijo:

–E questo qui, cuse ga, o fa il morto per non esse amasao? (¿Y este tiene algo o se hace el muerto para que no lo castiguen?)

El chico no respondió y mi abuela le mostró la nena más chiquita.

–Eh... –decía el tío Pipotto y meneaba la cabeza con aire de desaprobación.

–Eh... questa qui a poco fin en sa ruca.

Que quiere decir: "Esta tiene poca vida en su cabeza".

–Si te ge scampitegarregi. (Si vivís puede ser que salga algo de vos.)

Pero meneaba la cabeza.

Entonces mi abuela mató la gallina más gorda para hacerla rellena.

El relleno era una hierba picada bien finita, tan finita que era casi un líquido. El tío Pipotto opinó que la gallina era realmente muy rica y comió mucha. A la hora de comer salió María, que se había fabricado un vestido con una especie de cortina. Era un vestido raro, pero no le causó tan mala impresión al tío Pipotto porque ya había comido y tomado vino. Estaban discutiendo con mi abuelo (mi abuelo ponía más calor) sobre qué regimiento había rajado primero en la guerra: si el de los genoveses o el de los toscanos. Mi abuelo era toscano y decía que habían rajado primero los genoveses. Mi abuela escuchaba despectivamente mientras levantaba los platos y le dijo:

–Ma y a ti qué se te importa. Tute muse. (Todas pavadas.)

–Eco –dijo mi tío Pipotto–. Musaie. (Que quiere decir: "Ni más ni menos. Recontrapavadas".)

–M'importa –dijo mi abuelo–. Anduve a fare il servicio militar a Italia.

Él se había pagado el pasaje para hacer el servicio militar en Italia. El tío Pipotto lo miró con indiferencia; haber hecho el servicio militar ni le quitaba ni le agregaba nada a sus ojos.

Mi abuelo dijo:

–Anotte he soñato qui staba in Italia.

Mi abuela dijo:

–Los sueños son como los pedos.

El tío Pipotto, riéndose con gran aprobación, dijo:

–Eco.

Mi abuela reafirmó:

–Tute muse, muse, musaie.

"Apátrida", pensó mi abuelo, "toda la familia apátrida".

Además mi abuelo pensaba que todos los ricos son duros de corazón.

Cuando se fue, el tío Pipotto mejoró su primera impresión: la comida era muy buena, su sobrina era joven todavía y por lo que había escuchado, estaba muy bien.

Mi tío de Lima

–¿Con quién vives tí?

–Con mi mamá, mi papá y mi abuelita –dije.

–Ve a llamar a tu mamá, ¿quieres? Dile que vino José Mazzini de Lima.

Observé que la fórmula peruana para pedir una cosa era diferente: él no quería decir si yo quería ir a llamar a mi mamá, era como si dijera: "Quiero que llames a tu mamá con tu consentimiento", pero disentir era imposible.

La voz era rica, plena, suave. No era una voz de argentino. Era como si brotara de algún lugar profundo dentro de él y como si vibrara un poquito en su cuerpo.

–¡Vino José Mazzini de Lima!

–Abrí la puerta del comedor –dijo mi mamá.

Ella se acomodó el pelo y acomodó una silla. Estaba nerviosa: hacía cuarenta años había llegado el tío Pipotto de Lima justo el día en que se escaparon los chanchos. Ahora este tío y el comedor estaba desordenado.

–¡Sacá esos trapos! ¡No servís para nada!

Habitualmente esa observación me irritaba, pero esa vez no me afectó; venía un pariente de Lima y por eso mismo iba a esconder los trapos en un lugar insólito: detrás de un jarrón de porcelana; ojalá que se asomaran un poco.

Finalmente mi mamá salió, ya con cara de recibir visita. La cara de visita era para todos igual: afable, cortés, casi siempre desenvuelta, como si de antemano descontara que iba a recibir un gran placer. Con esa misma cara recibía a una amiga íntima y también a la señora de Bastión, que tenía un hijo mogólico de cuarenta años y explicaba minuciosamente cómo le cortaba la carne en pedacitos para que no se atragantara. Salió a la calle y dijo:

–¿Qué tal? –como si lo hubiera visto hace un año. Mi tío de Lima, con la voz un poco emocionada, con un leve matiz de duda para que la emoción fuera después más plena y el encuentro más histórico, le dijo:

–Tú eres Emilia, ¿ya?

–Y tú José –dijo mi mamá hablando de "tú" seguramente por contagio. Nunca la había oído hablar de "tú" y pensé que a lo mejor lo haría en otras oportunidades que yo desconocía.

Se abrazaron y José tenía los ojos brillosos. Entonces mi mamá dijo:

–A ver. Vos sos hijo de Cayetano.

–No –dijo–, de Juanito. Cayetano tuvo dos hijos: uno volvió a Italia y el segundo, Marcos...

–Pero es cierto –dijo mi mamá, un poco fastidiada porque se había equivocado–. ¡Qué tonta! Si sos hermano de...

Cuando se estableció bien la filiación, lo invitó al comedor a sentarse en unas sillas duras, altas e incómodas. Mi tío de Lima se sentó sin reparar en ellas, como si una silla fuera un obstáculo útil para sentarse, y siguió muy emocionado.

–¿Y la tía Teresa? –dijo.

No dijo "la tía", dijo algo así como "la zía". Claro, resulta que era sobrino de mi abuela. Pero mi abuela estaba en su pieza, sentada en su cama rezando, acomodando todas las estampitas como para un solitario y no sabía que había venido un sobrino. Ella acomodaba todas las estampitas sobre la cama, les rezaba y las cambiaba de lugar de acuerdo con algún orden.

Ella rezaba para todos, pero quién sabe si se acordaba de ese sobrino.

Mi mamá dijo:

–Un momentito, le voy a avisar. Quedate con el tío José.

El tío José me sonrió y me contó cómo había venido.

Mi mamá no fue alborozada a decirle a mi abuela que había venido José; fue para ver si la abuela tenía las estampitas en orden sobre la frazada y para peinarla. Con el apuro, el peinado y la precipitación, mi abuela no entendía de qué se trataba. Solo que era alguien de Lima. Mi abuela hizo un gesto como diciendo: "Justo ahora". Estaba por la oración de San Francisco. Estaba atrasada en el rezo y ya venía atrasada del día anterior. Además quería estar con cierta majestad en la cama y sentía que en ese momento no tenía ninguna majestad, se sentía un poco débil. Mi mamá le puso colonia y mi abuela revivió. Le pidió a mi mamá que saliera y la dejara sola un minuto para prepararse para la visita. Mi abuela era imperiosa; tenía la nariz larga y afilada y la mandíbula sobresaliente; llevaba la boca siempre apretada y era flaca. Ella decía siempre:

–Pónelo cua. Pónelo la. Toma cuesto. Porta vía. Mete cuesto in la. Guarda cua. Tapa il solé. Ve in casa. Prego, levanta la stampa. Sta in calma.

Después entró mi tío de Lima a la pieza de mi abuela, y otra vez la filiación. Con mi abuela fue más largo el asunto; dijo que sí, que comprendía, pero me parece que dijo que entendía porque ya iba para largo. La verdad es que mi abuela, por tratarse de ella, hizo mucha alharaca. Ella también tenía una voz para las visitas y una amabilidad distinta, pero siempre como si el centro fuera ella. Ella sabía que era una anciana venerable que había vivido y trabajado duramente: no esperaba más que laureles y siempre cosechaba laureles y rosas de las visitas. Pero esta vez era diferente: le pidió a mi mamá estar a solas con su sobrino de Lima y mi mamá vio la parte práctica del asunto, que era hacer la comida, mandarme al almacén, etc. Todo esto era normal. Lo que no era normal era lo que se oía desde la pieza de mi abuela. Mi abuela lloraba con la voz quebrada, como si le hubiera salido una voz finita, de viejita femenina, con agudos estridentes que nunca le había escuchado.

Se estaba confidenciando. Era una voz de víctima y de *prima donna*, a veces de pajarito. José le decía "tía" como si la hubiera visto toda la vida y le preguntaba cosas en italiano con esa voz rica y peruana. Mi abuela se había olvidado del italiano en la Argentina y siempre dijo que a ella Italia no le iba ni le venía. El italiano que ella hablaba era un idioma propio, una mezcla, y cuando tenía que hablar con unas amigas italianas, decía a todo que sí para abreviar, pero la mitad no entendía. Pero ahora con el sobrino ella quería hacerse entender y él le hablaba un italiano perfecto y ella lo entendía. No se oían órdenes ni aseveraciones como de costumbre. A veces parecían lamentos, recuerdos. La voz de él era serena, un poco grave. Oí que mi abuela le preguntó:

–Il tuo padre vive ancora?

Preguntó con una voz humilde y temerosa, pero ya más en confianza, no con voz amable de visita, sino como si fuera un sobrino que ella viera cada tanto.

–No –dijo él–, papá falleció en el cincuenta. ¿A ver? Espera. Sí, digo bien, en el cincuenta, porque...

Lo dijo en tono neutro, objetivo, como si recordara la fecha de la muerte de un presidente.

–Ah –dijo medio desconcertada mi abuela–. ¿Y Caetán?

–Caetán falleció de joven, cuando la fiebre amarilla; espera, a ver si me equivoco. Pero no, fue en el 18 –sorprendido–. ¿No lo supiste, pues?

–¡Emilia, Emilia! –dijo mi abuela llamando a grandes voces a mi mamá–. Ha morto Caetán!

Se echó a llorar tapándose la cara con las manos. Yo nunca la había visto llorar a mi abuela. Mi mamá estaba haciendo tallarines y la salsa se estaba por quemar.

–Y claro, mamá –dijo mi mamá–. ¿No te acordás de que ya avisaron? Yo tengo la idea de que avisaron.

Y le habló por lo bajo a José, diciéndole que a mi abuela le fallaba un poco la memoria. Mi abuela agarró la estampa de San Cayetano; como no veía casi nada hizo un esfuerzo para mirarlo bien a ver si era, y mientras, lloraba, pero no ya con esos sollozos impactantes, sino que se le lloraba.

Después vino otra vez mi tío de Lima a comer a mi casa. Ese día habían puesto un mantel de supergala que yo no había visto nunca puesto y la mejor vajilla. Yo jamás había visto todo el despliegue junto. Mi abuela se mostró amable, lo suficiente, y correctamente cariñosa.

Después que mi tío se fue, mi abuela, más imperiosa que de costumbre, empezó a decir:

–Mételo cua. Guarda cuesto la. Súbito el trapo, ve.

El recital de piano

–Y va a tocar la *Mazurca n.º 2* de Chopin –dijo su madre a la vecina, mirando el programa.

–¡Qué bien! –dijo la vecina con cierta obsecuencia, como para agradarla, pero como si la que tocara el piano fuera su madre.

–Y ya, ya tendría que estar en el piano porque no llega. Yo no digo que no sea capaz, ¡pero es tan dejada!

Hebe no ponía en duda lo que decía su madre, pero le quedaba una sensación difusa, de que algo no estaba bien.

Además con lo de dejada sabía a qué se refería: dejar la ropa tirada, no bañarse a menudo y poner los pies en los sillones; en cuanto a la capacidad, no sabía en qué la podría aplicar. Si su madre decía que no llegaba, no iba a llegar a tiempo para prepararse; ella adivinaba todo: hace poco había adivinado que el viejito de al lado se iba a morir en dos o tres días, y dicho y hecho: el viejito se murió.

Por lo tanto, ahora iba a ir al piano, silenciosamente, sin decir nada. Ella no podía decir:

–Mamá, no voy a tocar el piano.

Porque la madre le decía:

–Que yo sepa, trombón no hay en esta casa.

En esa casa había piano y lo había comprado su madre en un remate. Lo había comprado porque era un piano viejo de teclas amarillas, igual que el que tenía el tío Abel.

El tío Abel tocaba el piano y muchas veces la policía lo perseguía por los techos. Cuando fue a comprar el piano en el remate, su madre discutió tanto que ella pensaba que su madre era como una gitana y le dio vergüenza.

Otras veces pensaba que era una gitana gorda, que la había robado, pero no se sabía muy bien para qué. Hacía unos años, había pensado que su madre era otra y que esta, por ser una gitana, no era tan mala.

Algunas veces la gitana lloraba y a ella le daba un poco de pena pero no podía acercarse para consolarla o para decirle algo cariñoso, siempre que lloraba salía enseguida con un domingo siete que revelaba que mientras lloraba estaba pensando en otra cosa. Interrumpía el llanto para preguntar, por ejemplo:

–¿Le diste de comer al gato?

Entonces ya no le parecía más una gitana. Le parecía que era un ser débil y omnipotente al mismo tiempo. Pensaba en cómo un emperador romano puede tener momentos de debilidad. Como emperador romano era imponente. Su cuerpo gordo estaba en una silla –su silla– cerca de la luz para leer el diario. Levantaba el diario bien alto, un poco lejos, como para examinar algo absolutamente objetable, iba examinando las noticias con espíritu crítico, selectivo, y pasaba con rapidez de una hoja a otra para leer lo que le interesaba. Donde ponía el ojo, ponía el entendimiento.

Cuando leía el diario Hebe hacía un gran rodeo alrededor de la silla, era como una zona erizada.

Pero también era una dama de gran presencia de ánimo.

Presencia de ánimo quería decir que uno debía estar a la altura de cualquier circunstancia: sea para comprar un par de zapatos, ante una enfermedad, uno debía salir airoso siempre.

Quizá más que la gitana o el emperador romano, la dama de gran presencia de ánimo es lo que más la intimidaba a Hebe. Cuando era gitana, era una extraña, ella podía descansar de algún modo, como emperador romano era terrible pero era cuestión de no ponerse a tiro. La presencia de ánimo era incomprensible para Hebe. ¿De dónde surgían esas respuestas oportunas, esa facilidad para poner el dedo en la llaga?

La presencia de ánimo era misteriosa porque parecía que ella tuviera un plan de acción, una estrategia con las personas. En cuanto al plan que tuviera respecto de ella, lo ignoraba.

Ahora ella necesitaba un vestido nuevo para el festival. Los vestidos que tenía eran para cubrirse pero no para resplandecer o impactar. Y todas se iban a hacer vestidos para resplandecer. Cuando le dijo a su mamá que precisaba un vestido, ella estaba evocando su infancia en el campo. Antes todo era más nítido, parece. Los inviernos eran como deben ser, bien crudos, y en el verano el sol rajaba la tierra, como es lógico. Las bestias eran más feroces, la escarcha como nunca se volvió a ver igual. Ella tenía en ese tiempo, si fuera posible, más presencia de ánimo aún que ahora, porque era una época de gente fuerte, que luchaba, no pensaba en pavadas. Además antes la gente no cambiaba de vestido siempre, uno en el campo identificaba de lejos a una persona por la ropa, y eso era una ventaja, nunca se podía equivocar uno. Por eso en su casa no se hablaba de la ropa, se hablaba de la Segunda Guerra Mundial, que ya había pasado, y de la línea Maginot.

Cuando le volvió a repetir que precisaba un vestido, su madre dijo:

–Sí, ya le hablé a Carmen.

Carmen era su prima y ella heredaba los vestidos de Carmen. Le quedaban grandes de hombros y chicos de cadera. Hebe no dijo nada. Sabía que no habría vestido nuevo y pensó: "Ya van a ver".

Cuando se decía "ya van a ver" no aparecía nadie concretamente. Eran multitudes. Cuando decía "ya van a ver" inmediatamente después pensaba en su propio velorio. Porque lo anterior era una amenaza enorme pero sin contenido, el sentimiento la ahogaba y no sabía ni ella misma qué es lo que iban a ver. Pero su velorio sí era concreto. Estaba ella en el cajón, muerta, y al lado la madre y a veces la vecina. La madre decía qué arrepentida que estaba por haberla tratado así, cómo había tratado así a una chica tan buena como Hebe, qué equivocada estaba y le pedía perdón. Hebe muerta la perdonaba y después venía como una especie de paz. Se iba a poner el vestido de su prima, cómo no.

Se rio sola y la invadió un placer nuevo y amargo, sentía una sorda obstinación. Ella estaba en la sombra más sombría, no tenía un lugar al sol, pero tenía una gran obstinación.

El vestido de Carmen no era fresco ni agradable al cuerpo; era de una tela muy costosa pero que se apelotonaba toda en puntitos muy chicos. Era una seda compacta, cubierta de pequeñas pelotitas brillosas, como para cubrir una gran superficie. Era como para una señora grande y sabia que supiera combinar el casi imperceptible olor que emanaba de esa tela con algún perfume adecuado y difuso, como si dijera: “Aquí estoy yo, bien plantada, un poco gorda y con alguna melancolía, cómo no”.

Pero Hebe era una chica y el brillo de esas pelotitas la hacía parecer apurada y enojada.

Su madre para ir al concierto se puso la plaqueta. La plaqueta era un rectangulito de tamaño un poco mayor que una hoja de afeitar cubierto con falsos brillantitos que se llevaba en el pecho. La plaqueta era muy chiquita para ese pecho tan grande; pero igual se destacaba porque ella la llevaba como un escudo; como si hubiera dicho: “Llevar el escudo es incómodo, hace calor, pero por lo menos saben que tengo escudo y saben a qué atenerse”.

Cuando entró al escenario, Hebe pensó que iba a hacer una breve inclinación de cabeza, muy digna, a modo de saludo; pero antes de entrar al escenario, antes de que la vieran, tropezó con una viga que estaba entre bastidores y eso la descorazonó como para no hacer ningún saludo.

Avanzó derecho al piano y se sentó. Sabía, aunque no las veía, que estaban su madre, la prima Carmen y la vecina.

Y no empezó a amansar el piano como en su casa, a tantearlo. Empezó a tocar azorada como si ella fuese dos personas; una aterrorizada que mira a la otra parte, un animal domesticado pero imprevisible que tocaba por su cuenta.

Después de la primera pieza –absurdamente, pensó ella–, vinieron aplausos. Entonces no se dan cuenta de nada –pensó–. Por lo tanto podía tocar más tranquila. Ya más tranquila, pudo simular que se conectaba con Chopin, como lo hacía de veras en su casa, y vinieron aplausos mayores. Esos aplausos le permitieron echar una rapidísima mirada a la platea, de reojo: lo primero que vio, en el primer asiento, era el brillo de la plaqueta; eran los brillantitos que brillaban.

Ella odiaba esa plaqueta, nunca le gustó; ese brillo le produjo una sorda bronca y pensó "ya van a ver".

Empezó a tocar con toda precisión y maldad y cuando ya sabía ella que había tocado bien, al final de la pieza, aporreó el piano dos o tres veces con las manos abiertas, produciendo el desastre. Se levantó y salió sin saludar. No le dieron ningún premio, pero pudo pensar tranquila en la idea de su velorio, que era la que más paz le producía, la que más la reconciliaba con el género humano.

Cuento chino

Yo conozco bastante a los hombres porque soy prostituta en la casa de la señora Liu. Mis padres me pusieron allí de joven porque pensaron que esa debía ser una buena colocación para mí. El primer hombre que conocí, cuando tendría unos dieciséis años, estaba atormentado por unos fantasmas que él creía ver en la habitación. Yo ya casi empezaba a ver grandes sombras rojas ahí adentro y tenía miedo, pero no me daba cuenta. Solo pensaba: "De aquí me voy a escapar". Me quise escapar cuando él dormía, pero se dio cuenta y me retuvo. Era bueno y cariñoso, ya se había olvidado de imprecar a esos fantasmas y me dijo que pidiera algo de regalo. Le dije que no aceptaba ningún regalo y se sorprendió. Por fin, al verlo compungido, se lo acepté.

Los regalos eran muy importantes en esa casa, y eran el tema de conversación de todos los días. Una vez, un hombre muy bueno que había nos trajo un monito para que nos divirtiéramos; todas jugábamos con el monito, pero Anita, una chica que siempre lloraba, se sentó el mono en la falda y empezó a llorar. Entonces la señora Liu le dijo al hombre que se lo llevara, que no lo quería ver al monito porque hacía destrozos. Pero la causa era otra; cuando la vio a Anita llorando, la retó y le dijo:

–Estando triste se pierde el 50 por ciento del valor. No hay que estar triste.

Ella velaba siempre para que no estuviésemos tristes. Cuando alguna andaba medio despeinada o como ausente, le compraba lindos vestidos y hacía una comida especial.

–Yo creí que les iba a gustar –dijo el hombre del mono, y se fue con el mono.

No bien se fue, todas se empezaron a burlar de él; lo llamaban Mono, decían que tenía el culo como los monos y, como no apareció nunca más, de vez en cuando alguna preguntaba:

–¿Qué será de Mono?

Después no recuerdo que alguien haya traído un animalito o una planta para alegrar la casa. Me acuerdo de uno al que todas querían; era joven, bastante lindo, charlaba y hacía chistes con todas; todas lo admiraban. Yo le tenía odio, porque cuando estaba conmigo se relajaba como un gato y atendía solo a su placer; le tenía que hacer cosquillas con una pluma, quería que le rascara la espalda y después de hacerle yo mil masajes por todos lados, me daba una palmada y se iba.

Otro no hablaba una palabra: se desvestía y se vestía en silencio.

A ese lo encontré por la calle una vez, y los dos hicimos como que no nos conocíamos. Ni siquiera miró para otro lado; yo lo miré y él pasó con cara de piedra, imperturbable. Pero a él yo no le tenía rabia, no le tenía nada. Yo, no sé por qué, les contaba a algunos hombres historias de mi infancia desvalida; eran todas inventadas y cuando las contaba, yo las creía. Me parecían lo más sincero de mí misma, y era como el placer de lamer una herida. Pero mi infancia no fue tan desvalida; mis padres, ahora lo veo, hicieron todo lo que pudieron por mí. Había uno que también me contaba su infancia desvalida, me decía que él también era como un chico desvalido. Y así nos pasábamos en la cama tendidos un largo rato, solos en la oscuridad y dándonos calor y compañía. Éramos como dos hermanos.

Después había otro que me insultó. Me dijo los peores insultos de esta tierra. En la casa de la señora Liu estaba prohibido insultar y el que insultaba no entraba más. Pero yo lo perdoné porque comprendí que insultaba su propia maldición, su propia desesperación; veía la miseria de todos y no la podía superar; insultaba a la miseria y cada vez se revolcaba más en ella. Me conmovió porque se tiró a mis pies y me pidió perdón; pero me puse dura ante los insultos. Yo, antes de esos insultos, creía que los insultos eran como la muerte; creía que la ira causaba la muerte. Pero los insultos son graves de otra manera que como la gente piensa; los insultos son como una tierra en la que hubo un terremoto alguna vez: momentáneamente se puede estar tranquilo, uno se distrae, pero siempre está la amenaza latente.

Por ese tiempo yo me había adaptado a todas las normas de la casa de la señora Liú, aceptaba los regalos, distinguía uno malo de uno bueno, tiraba distraídamente los malos y me quedaba con los lindos. Estaba más linda que antes, estaba en mi plenitud. Pero cuando quería recordar algo que me habían dicho, se me confundían las personas y las cosas. ¿Quién me había dicho que el azul me quedaba mejor que el rojo? ¿Este? No. ¿Quién dijo que los relojes se limpiaban con detergente? Y no podía recordar quién era.

Mezclaba lo que uno decía con otra cosa y así lo repetía yo a mis compañeras, a veces, diciendo algo que había escuchado como si lo hubiese dicho yo, sin darme cuenta para nada en el momento. Pensaba que estaba perdiendo la memoria y me decía: "Dios mío, que no pierda la memoria". Yo no le conté a nadie esto, ni a la señora Liú, que no advirtió nada. Me reía como siempre.

Un día apareció un hombre que parecía llevar un peso muy grande sobre sus espaldas, pero no me dijo qué le pasaba; yo tampoco le pregunté. Ese hombre me hacía hermosos regalos, pero yo no les daba importancia. Parecía que los regalos fueran cosas que estaban ahí puestas, que no fueran de él ni de nadie. Yo me cuidé muy bien de decirle lo hermosos que eran sus regalos, dado que él no les daba ninguna importancia. Y me puse a pensar en esa característica suya, de ser independiente de todo, de no darle importancia a nada. Cuando me puse a pensar en eso se me notó en la cara y la señora Liu me empezó a mirar. Yo, a él, le dije un día:

–No quiero más regalos tuyos, quiero...

Y no sabía cómo decirle lo que quería. A lo mejor me había olvidado de lo que quería. Él me dijo:

–¿Qué querés? Te doy lo que quieras.

Y yo quería otra cosa y no sabía lo que quería. Desalentado dijo:

–Las mujeres son así. No sé por qué no sabrán lo que quieren.

Yo no dije nada. La señora Liu lo hizo ir con otra. Fue una sola vez y no apareció más por allí. A mí no me calienta para nada que se haya ido. Si no es en esta vida, yo pienso que en la otra lo voy a encontrar.

Impresiones de una directora de escuela

Yo soy directora de una escuela de un barrio apartado. Por el barrio pasa el frutero y anuncia la mercadería con una corneta. Como es casi campo, se oye de lejos una voz que anuncia algo que parece emocionante: una fiesta, un baile. Se va acercando y se oye: "Papa, 4000 pesos, zapallitos, 5000 pesos". Todo dicho con entonación emocionada. En la escuela hicimos un festival y el frutero lo anunció; una señora nos dio la idea, porque como decía ella, el frutero tenía todo el equipo para anunciar. Al fondo de todo, cerca del campo, viven los japoneses que cultivan flores. Pasan en auto por la ruta, siempre en auto, y por la escuela jamás vi pasar ninguno.

Del otro lado está el campito para ir a retozar, que tiene una laguna que nosotros usamos para estudiar una cosa moderna, el ecosistema. El ecosistema es cómo se relacionan los seres vivos entre sí, cómo se comen unos a otros, por qué son útiles las arañas aunque parezcan inútiles, etc.

Las maestras me dicen:

–Vamos a la laguna para investigar los animalitos que hay dentro de ella.

Yo sé que en realidad van a retozar al campito que está al lado, pero van muy contentos. Además a los seres vivos que hay adentro de la laguna los conocen como si los hubiesen parido; son ranas, lombrices y, cuando llueve más, pescaditos chicos. Cuando vuelven, colorados por haber corrido, les pregunto:

–¿Estudiaron el ecosistema?

–Sí –dicen entusiasmados–. Aquí trajimos la lumbrí.

–La lombriz –dice la maestra–. Cómo vas a decir "la lumbrí".

Yo he notado que cuando la maestra corrige a ninguno le gusta repetir correctamente: hacen silencio. Y si la maestra les dice:

–A ver, decí "lombriz".

Dicen "lombriz" con voz mortecina y triste. A mí también me gusta más "lumbrí" que lombriz; es como más humilde, umbrío, íntimo; lombriz es algo más seco.

Los chicos de primero, segundo y tercero, dicen:

–¿Atraso la raya, doña?

La maestra corrige:

–¿Trazo la línea, señorita?

La verdad es que igual se entiende lo que quieren preguntar. La expresión "trazar la raya" también me parece más adecuada para esa edad. Más tarde solos aprenden a decir "línea" cuando saben lo que significa "línea" en un sentido amplio: como si aprendieran a no salirse de la línea, como si hubieran aprendido la adaptación a la escuela. Antes de cierta edad, para los chicos, una línea es una rayita. Ahora, eso de doña...

Ellos leen el libro *Platero* y después hacen oraciones.

Un chico escribió: "Platero ole las flores".

Ellos siempre les tiran piedras a los perros, porque hay muchos que pueden estar rabiosos y no quieren que se les acerquen y además como deporte. No hay canchas de deporte.

También vi oraciones con las palabras "construir" y "destruir".

Un chico escribió: "Mi tía construyó un departamento". "Mi padrino destruyó un departamento."

La maestra, por supuesto, le puso muy bien. Hay una maestra que los quiere mucho, que es parecida a Blancanieves. Ella estudia Arquitectura, y cuando falta, les pregunto a los chicos:

–¿Les dijo la señorita si faltaba hoy?

Ellos me dicen:

–Hoy falta porque tuvo que rendir examen.

Y dicen bien "examen". "Examen" para ellos es una palabra vinculada a Blancanieves, a quien quieren mucho. Ellos calculan que van a rendir pocos exámenes escolares en la vida, pero Blancanieves seguramente les contó que ella estudiaba, que en la facultad se daban exámenes y estoy segura de que muchos de ellos desean que le vaya bien en el examen.

La señora Betty vive enfrente de la escuela y tiene un ojo de vidrio. Su perro se llama Topo y entraba a la Dirección, revisaba el cesto de los papeles para ver si había restos de comida. A mí no me molestaba: si no encontraba nada, se echaba ahí quieto y ni me daba cuenta de que estaba. La señora Betty me quería mucho, me atendía con tanta bondad que yo, que tengo una mirada deplorablemente obsesiva, me había olvidado completamente que tenía un ojo de vidrio. Pero Topo se comió una vez veinte sándwiches de salame;

comió los de salame y dejó los de queso. A lo mejor si hubiera comido los de queso la maestra lo hubiera perdonado; pero lo echó violentamente corriéndolo hasta la puerta.

Cuando pasó eso, yo apelé a la lógica, a mi sentido común, a mis sentimientos adultos y dije:

–¡Qué barbaridad!

Por otra parte pensaba que era divertido.

La maestra me dijo, enojada:

–¡No puede ser que entre todos los días como Pedro por su casa y se lleve algo!

Una voz me decía: "A mí no me importa". Pero primó la voz de la cordura y le dije:

–Sí, no puede ser. No lo vamos a dejar entrar.

Desde entonces la señora Betty no lo manda más, como a esos chicos que van a jugar a casa de otros y les hacen algún desprecio y después los padres no los mandan más.

Betty sigue siendo cordial y amable, pero más retraída. Ha habido un cambio. Antes cuando me hablaba siempre sonreía feliz y también sonreía el ojo sano; ahora pasa a veces un relámpago de bronca por el ojo sano cuando me habla. Ella dice ahora: "Claro, claro" en tono reticente cuando habla. Ahora siempre que la veo pienso que tiene un ojo de vidrio. No sé cómo arreglarlo. No le puedo decir: "Mándelo a Topo nomás, lo extrañamos tanto...", no sería natural, y además, muchas maestras no quieren que el perro esté.

–¿Ese lapi es pa mi hermano?

–No, no tengo lápiz hoy.

Pero no se va. Es Monzón.

–Andá al salón.

–No, me mandó acá.

La maestra lo mandó porque no lo aguantaba más. Él entra a la una, pero a veces desde las diez está espiando por la ventana al turno de la mañana. Entonces la maestra de la mañana lo ve y lo manda a hacer un mandado fácil; después él entra en su grado pero en otro turno que el suyo y le dice a la maestra:

–¿Me quedo?

–Bueno –dice ella–, pero mudo.

Entonces se queda un rato en el turno de la mañana hasta que la maestra se cansa y lo echa. A la una, cuando sus compañeros están en clase, él espía por la ventana. La maestra hace como que no ve.

Los chicos dicen:

–¡Señorita, Monzón está en la ventana y no vino!

La maestra abre la ventana y le dice:

–¿Por qué no vino hoy?

–Porque no tengo zapato.

–¿Y esos que tenés puestos qué son, me querés decir?

–Son de mi hermano. ¿No tiene zapato?

–No, no tengo y tenés que entrar.

La maestra ya lo dice débilmente, como de compromiso, porque él entra y sale.

–Bueno –dice Monzón–, voy a mi casa y vuelvo.

A la media hora está en la Dirección porque ya la maestra no lo aguantó. No parece preocupado porque le hubiese pasado nada, no puedo retarlo porque no está enojado ni asustado ni tiene ningún rencor.

Escribo y hago de cuenta que no está. Insiste:

–¿Tiene lapi pa mi hermano?

–Ya te dije que no. ¿Qué hiciste con el lápiz que te di ayer?

–Pa mi hermano era.

No lo puedo retar. Voy a hablarle un poco amablemente.

–A ver, escribí las vocales.

–¿Cuál, la "a"?

Hace la "a" contento, triunfante.

–Ahora la "e".

La confunde con la "i". Después me dice:

–¿El rulo?

–Sí, el rulo.

Hace un rulo.

–Ahora la "o".

No se acuerda y me pregunta:

–¿Tiene hoja pa escribí?

–Sí. –Le busco hojas.

–Decime –le digo–, ¿qué vendías el otro día, que te vi vendiendo?

–Vendo peines. Acá tengo, ¿me compra uno pa mi hermano? Para el chiquito.

–Si no tiene pelo.

–¡Sí, sí, tiene mucho pelo!

–No, no te compro. Tenés que vender otra cosa, a eso no lo vas a vender.

–¿Voy a mi casa y vuelvo?

–Bueno –le digo.

Creí que no volvía. A los diez minutos estaba de vuelta y traía chicles para vender. Los vendió todos y sacó cinco mil pesos.

–¿Me cuida la plata?

–Bueno.

A los dos minutos:

–¿Me da la plata para comprar un helado?

–Bueno.

Comió el helado, dio unas vueltas por el patio y como la maestra no lo quería tener más, él solo se fue a su casa. Después volvió para mirar desde la puerta la salida de los chicos. Yo la llamé a la mamá, que es una señora inteligente y despierta, y le dije por qué no lo mandaba a otra escuela para que aprendiera más despacio. Ella me miró con cara de lástima, como diciendo: "Se ve que no conocés lo que pasa", y me explicó:

–No, señorita, ¿sabe lo que pasa? Es de familia. Mi hermano ahora es ejecutivo de una empresa. Tiene casa, coche y vive muy bien. Cuando era chico ¡tardó tanto en aprender la escuela! Y mi primo el pianista también, tardó mucho en aprender la escuela.

Yo, no sé por qué, le creía. Ponía tanta convicción en lo que decía, ella parecía saber tan bien lo que pasaba... además pensé ¿por qué no? Cuando me dijo eso, me quedé más contenta.

Están las maestras reunidas en el patio y les cuento lo que me dijo la señora de Monzón respecto del nene. Lo cuento de modo neutro. Ni aprobando ni desaprobando, para ver qué dicen.

Alicia, la gorda, dice algo fastidiada:

–Pero no, si le tomaron un test y dio no sé qué cociente.

Otra maestra me mira con cara difícil, con cara de incomprensión.

–Andá a saber –digo yo y me voy a otro lado.

A veces me resulta difícil apelar a la lógica y al sentido común; a veces me abandonan. Y a un director no lo deben abandonar jamás la lógica y el sentido común. Es el peor pecado para un director. Yo tengo que demostrar a cada momento que sé muchas cosas y, sobre todo, que uso la lógica. A veces tengo ganas de trabajar y con astucia salgo del paso. A veces no tengo ganas y si me dicen: "Se tapó el pozo del baño", yo no tengo ninguna respuesta. Me dan ganas de decirle: "¿Y a mí me lo decís? ¡A mí qué me importa! Yo no pienso destaparlo".

O si no: "Me parece que Lima tiene sarna. Qué hago, ¿lo mando a su casa?".

Y no sé qué hacer. Además no creo que la sarna se contagie, no creo que el pozo se tape salvo que la merda llegue a ser visible y esté ya afuera; no veo al bicho de la sarna pasando de una mano a otra.

Pero como la presión para que lo mande es grande, digo:

–Sí, mandalo.

Y Lima se va muy triste y sarnoso a su casa.

A veces atiendo los grados y tampoco tengo respuestas. Por ejemplo, la vez pasada estuve en primer grado y un chico me dijo:

–Se me perdió el lápiz.

De repente a mí también me pareció que era una pérdida tan definitiva que no se podía remediar.

O si no:

–Me robaron la goma.

Nunca puedo descubrir quién roba las cosas.

Pero pregunto:

–A ver, ¿quién le robó la goma?

–Él –dice el damnificado.

–Pero él me sacó las pinturitas –dice el otro.

Puede seguir media hora esta historia que no descubro nada. Lo mismo cuando dos chicos se pelean, pregunto:

–¿Quién empezó a pelear?

–Él –dice el pegado.

–Pero él empezó a cargar y ayer le pegó a mi hermano.

Muy rara vez he descubierto a un verdadero culpable, tal vez porque tontamente piense que un culpable debe tener cara de tal, o alguna señal especial. Lo mismo cuando pasan por arriba de los bancos, a veces los dejo y a veces me parece que no está bien. Entonces les digo, con voz neutra, ligeramente imperiosa:

–No pasen arriba de los bancos.

Un maestro que se precia debe saber fingir enojo y asombro. Diría así:

–¡Cómo! ¿Pasando por encima de los bancos?

Pero el enojo debe ser de algún modo genuino, porque los chicos siempre detectan lo que el maestro quiere y si el enojo no es real, pasan igual por arriba de los bancos.

Lo mismo cuando una maestra me dice:

–Ayer no vine porque la verdad es que me quedé dormida.

¿No es buena, después de todo, la sinceridad? ¿Cómo se le enseña a no quedarse dormido al que tiene mucho sueño?

Para el día de la madre los chicos preparan regalos, voy a mirar qué prepararon. En un grado les sacaron el papel a latas que se usan para envasar (son latas que los chicos también usan para guardar la "lumbrí") y rodearon la lata con vueltas de lana. "Bien pareja la lana para que no se vea la lata", me dice la maestra. "Es como una cajita para guardar alguna cosa."

–¿Qué cosa? –le pregunto.

–Y qué sé yo –me dice–, lo que uno quiere.

El detalle paquete es un moño en la mitad de la lata. La lata parece una vieja gorda y loca que tuviera un vestido de lana y se hubiera puesto un moño de nena en la cintura.

–Está bien –le digo yo.

En otro grado hicieron la fosforera. La fosforera son cuatro cajas de fósforos vacías (los fósforos son caros) pegadas con goma. Cada cajita tiene una chinche en el medio, simulando ser un cajoncito que tiene una manijita. Trato de pensar que es un cajoncito en miniatura, me digo: "Qué bonito". Pero es una chinche.

–Muy bien –le digo.

Me entró un gran desánimo y tristeza. Ellos estaban contentos fabricando esos regalos y las maestras también. Una maestra decía con toda paciencia:

–Ahora, chicos, le ponemos una chinchecita...

Estaban todos entusiasmados, fabricando cosas. Yo no podía contagiarme ese entusiasmo. Era un día de lluvia y estaba todo inundado. Yo tenía la sensación de que la vida era triste, pero no tenía derecho de entristecer a nadie.

En el recreo los retaron mucho porque se mojaron. Hacía tiempo que yo descuidaba los recreos y no andaba por los patios. Hacía un tiempo que estaba descuidando todo. Sentía solamente cómo les gritaban y era como si me gritaran a mí, pero yo no podía tomar ninguna decisión; para que deje de gritar la que más gritaba, tendría que haberle gritado a ella. Últimamente muchas maestras tomaron por costumbre gritarles, avergonzarlos por sus ropas o por su pelo. Cuando pasa eso, yo me meto en la Dirección y no salgo. Pero es como si me gritaran a mí, me quedo quieta y hasta que no se callan, no puedo ponerme a hacer nada.

El otro día Alicia, la maestra gorda, que es la que más grita, no paraba. Yo quería pensar en otra cosa y no podía. De repente me di cuenta de que lo único que yo quería era comer una galletita. Si no comía esa galletita me moría.

Empecé a comer, mejor dicho a roer la galletita. Los gritos de afuera eran cada vez más fuertes. Yo cerré la puerta de la Dirección pero igual se oía. Mientras roía, me asusté de mi propio ruido. Entonces mastiqué despacio, tratando de no hacer ruido.

Estaba absolutamente sola en ese lugar.

El Centro de Investigaciones

En un edificio gris, sencillo, enfrente de la feria, se leía "Centro de Investigación Educativa". A las cinco y trenta cuando entraba el último grupo de alumnos a investigar, desde la feria se oía: "Vamos, vamos, que se acaba" y la señora de Ruberto, secretaria del Centro, se iba a comprar la carne. Todos los días compraba la carne y todos los días el grito del carnicero la tomaba de sorpresa: "¿Será posible, las cinco y treinta ya? ¡Y yo con todo esto por pasar! Voy pronto, antes que cierre", le decía a la bibliotecaria. Se iba con su canasta a dar una voltereta y volvía más contenta y un poco envalentonada. Por ejemplo, ese día tenía que cursar invitaciones para una charla sobre el tema "Educación y desarrollo económico".

Tenía que mandarlas al intendente, a la inspectora de escuelas, al director de cultura y a un viejito que vivía solo, que una vez pidió que lo invitaran si había una charla o cualquier cosa cultural porque a él toda la vida le habían interesado esas cosas.

El papel era poco para las invitaciones y además llovía y parecía que al día siguiente también iba a llover. Entonces la señora de Ruberto dijo:

–Al intendente no le mando nada, qué va a venir.

Después se acordó del viejito, sorprendida, como cuando se acordaba de que tenía que comprar la carne, y dijo:

–A él le mando media hoja, así me ahorro media para otra vez.

Cuando hacía las invitaciones, no leía bien el nombre del profesor que las iba a dictar y le dijo a la bibliotecaria:

–¡Ay! ¿Cómo se llama este hombre? ¿Kourek?

–Koukvrek –dijo la bibliotecaria, que era joven y se recogía el pelo con una hebillita. La bibliotecaria fichaba y entregaba libros todo el tiempo, le encantaba entregar libros, trataba de que nadie se fuera sin uno, pero para buscar en los estantes de arriba le hacía falta una escalerita o un banquito. La señora de Ruberto percibió eso y un día vino triunfante con un banquito viejo; en un montón de basura había encontrado tirado un banquito y dijo:

–¡Qué picardía!

Lo limpió y se lo trajo a la bibliotecaria para que subiera a los estantes altos. Otro día, revisó la oficina de al lado, que estaba semiabandonada, y encontró papel: se trajo un montón de papel bien contenta y dijo:

–¿Quién se acuerda de que está ese papel ahí?

La bibliotecaria, cuando no podía dar un libro porque el que pedían no estaba, se desesperaba como si ella tuviese la culpa; entonces le decía a la cliente:

–Estás pálida hoy, te noto pálida.

Entonces la cliente decía:

–Sí, callate, ayer me bajó la presión.

Y después contaba por qué le había bajado la presión y cuál era el mejor remedio para eso. Las que venían a estudiar también iban a la feria y a veces venían a buscar un libro como perdidas, como cuando uno va a la farmacia a buscar un remedio raro que no conoce muy bien, que alguien le recomendó, pero uno no cree mucho en su eficacia. Ya con el libro en la mano, lo ponían en el fondo de la bolsa y a veces, charlando, lo dejaban sobre la mesa porque tenían que ir a la feria y el carnicero cerraba.

Pero la que trataba por todos los medios de darle ímpetu a ese Centro, de elevarlo, era la asesora. Ella venía de la capital e impartía los cursos. Trabajaba en hojas movibles, con anotaciones que decían: "Ver página 56", y ya tenía a mano la página 56 de su resumen para asociar o dar más cuerpo a su tema. Ella no estaba conforme con el modo como marchaba todo; hubiera querido más despliegue, más vuelo. La asesora le decía a la señora de Ruberto:

–¿Hiciste las invitaciones?

La señora de Ruberto ponía una voz entre eficiente y tranquilizadora, como de alguien que está satisfecho por haberse portado bien.

–Sí, ya las ensobré y las mandé también.

La asesora sabía hacer paquetes que parecían de Navidad; llegaba, abría un libro entusiasmada y se deleitaba con los temas; era como si mostrara un pimpollo. Cuando llegaba y veía que había olor a encerrado, ventilaba la habitación de los cursos y se movía con tanta resolución que parecía que Dios hubiera venido a ventilar.

Después ella esparcía armoniosamente sus papeles y carpetas allá y acá y traía de su casa ya una carpetita para adornar la mesa, ya una flor para poner en un vaso. Entonces parecía que esa oscura habitación cambiaba totalmente y se convertía en un lugar para investigar.

Los libros de la biblioteca eran de varias épocas. De la primera época era un libro llamado *Mi pensamiento pedagógico* del profesor Alcides Ponzo. En la primera hoja del libro había una fotografía de Alcides Ponzo cuando era bebé, sobre una mesita ovalada con un vestido de lana, apoyado en la mesa en posición de nadar.

Este libro estaba dedicado y donado por otra pedagoga y la tinta se había puesto medio borrosa y celeste. La dedicatoria decía algo del camino hacia los astros. Era un libro de pensamientos, máximas, aforismos, que en realidad se consideraba superado; mucho tiempo había ocurrido; pero la misma asesora, que estaba con las corrientes más actuales de la educación, cuando había que mandar una invitación especial, por ejemplo cuando se graduaban las alumnas y había que hacer invitaciones como la gente, como ella decía, arriba de las mismas ponían una sentencia de Alcides Ponzo. Por ejemplo: "Siembra una duda y cosecharás un ser libre". O si no: "Desbrozar la cizaña del trigo, he aquí la tarea y el problema de la educación".

Cuando la señora de Ruberto tenía que pasar a máquina, le preguntaba a la bibliotecaria:

–¿Qué dice acá? ¿Desbrozar?

–Sí –decía la bibliotecaria.

La señora de Ruberto ponía una voz como diciendo: "Los libros tienen cada ocurrencia y se meten en cada complicación...".

Después el libro de Alcides Ponzo quedaba enterrado a veces hasta un año, hasta la próxima cita. A veces, la misma asesora leía una máxima para encabezar una invitación y decía:

–Pero esto no pega ni con cola.

Y buscaba y buscaba algo más adecuado para encabezar la invitación. Una vez era la hora en que la señora de

Ruberto tenía que ir a la carnicería. Entonces estaba desasosegada, quería salir un rato y se atrevió a decirle:

–Pero Elisa, yo lo pongo, total quién lo va a leer.

La asesora la miró con cara de profundo reproche y dijo:

–Debemos hacer las cosas bien, no debemos dejarnos estar. Un Centro de Investigación debe tener cierto nivel.

Desde entonces, la asesora supervisaba a menudo la confección de las invitaciones: las hacían juntas y se cuidaba la diagramación, los sobres, etc.

Después había unos libros, todos de autores franceses, cuyos títulos eran *El niño delincuente*, *El niño perverso*, *El niño anormal*, *El niño rebelde*, etc. Los autores franceses razonaban así: "¿Quién tiene la culpa de que el niño sea perverso? ¿La herencia o el medio ambiente? Si bien no podemos desconocer el papel de la herencia, tampoco podemos subestimar el papel del medio ambiente. Pero ¿a qué debemos atribuir la perversidad? Debemos sopesar ambos factores y llegaremos a la conclusión de que cada factor juega su papel y tenerlos en cuenta en su interrelación para la determinación de cada caso en particular".

Después seguía toda una serie de casos de niños perversos, muchos de los cuales martirizaban a los animales y un número grande de esos niños solían pegarle a su abuela, la ataban, le daban órdenes, etc.

Unos libros más modernos se titulaban *Educación y desarrollo económico*, *Educación y hambre en el mundo.* En esos libros se decía que la gente que mejor comía tenía una mejor educación. El problema era con la gente que comía menos. La gente que comía menos no aprendía. ¿Por qué no comía? Porque no alcanzaban los alimentos. ¿Por qué no alcanzaban los alimentos? Porque la producción era baja. ¿Por qué la producción era baja? Porque como estaban mal alimentados, no podían producir, ni estudiar. ¿Cuál era la causa de todo esto? Muy compleja.

La causa, decían estos libros, era muy compleja.

Pero después ese problema no interesó más; después interesó la planificación. La planificación era como sigue:

Por ejemplo, un maestro debía enseñar "El peludo, sus costumbres y su idiosincrasia".

La asesora enseñaba a interpretar estos libros de planificación que decían cómo se debe planear la enseñanza del peludo. Era así:

Objetivos intelectuales: Conocer al peludo y su circunstancia.

Objetivos afectivos: Aprender a amar al peludo.

Objetivos para habilidades y destrezas: Aprender a fabricar una guitarra con un peludo y rellenar un peludo dibujado con papelitos brillantes.

Como decía la asesora, todos estos objetivos tenían niveles jerárquicos, que no había que mezclar. Y ella se entusiasmaba cuando veía una buena planificación, después se las mostraba a las otras alumnas, ellas la copiaban y cuando trabajaban en la escuela siempre rellenaban peludos con brillantitos pegados.

Una vez tenía que venir un profesor, especialmente invitado, a dar una charla sobre "El arte y la educación". Venía de lejos y era una persona prestigiosa. Su charla era a las 18. Era un día de lluvia, no paró de llover en toda la tarde. A las tres de la tarde, la señora de Ruberto se golpeó la frente y dijo:

–Suelo, trágame.

–¿Qué pasa? –dijo la bibliotecaria.

–Me olvidé de mandar las invitaciones y no va a venir nadie. Ay, Dios mío, que siempre me has socorrido en todo momento, ¿qué hacemos?

–Me pongo el piloto y voy hasta lo de don Ángel.

Don Ángel era el viejito que siempre quería que lo invitaran. La bibliotecaria fue a buscar a don Ángel y no estaba.

La señora de Ruberto decía:

–¡Ay, Dios mío, ayúdame, por favor! Ojalá que si este hombre (por el conferenciante) viene en tren, ojalá que descarrile, que choque el tren, que él no se haga nada, yo no le deseo ningún mal. Y si viene en auto, no va a poder pasar. No va a poder pasar con esta lluvia. –Y ella misma se iba tranquilizando–. Mirá que con esta lluvia va a poder llegar.

De repente se tranquilizaba, pero a cada rato miraba el reloj. Dijo:

–A las cinco viene Elisa.

A las cinco vino la asesora, con el peinado bien organizado, de conferencia y vestido elegante y algo monacal.

–¿Mandaste las invitaciones?

–Sí, Elisa, pero con este día, ¿sabés que por la ruta no se puede pasar? Está todo inundado.

Lo dijo con demasiado entusiasmo y Elisa la miró. La señora de Ruberto, para disimular, dijo:

–¡Qué picardía que se costeara con este día y no viniera nadie! Sería una verdadera pena.

La asesora miró llover pero ella jamás consideró que la lluvia fuera un obstáculo básico. Semejante lluvia le producía la más profunda de las indiferencias. Se puso a acomodar un florerito y trajo la jarra de agua y un vaso con un platito debajo.

A las seis en punto de la tarde aparecen por la puerta dos hombres, uno el inspector, precediendo a otro con un paraguas, cobijándolo debajo del paraguas con solicitud. El conferenciante tenía la cara luminosa, el pelo bien peinado y aplastado y dijo:

-Vine, sinceramente, porque no me quedaba otro remedio. Este señor -señaló al inspector con aire bonachón- prácticamente me obligó a venir, ya que hoy es mi aniversario de casamiento. Cumplo veinte años de casado.

La señora de Ruberto dijo:

-Lo felicito, señor, y agradezco la atención que ha tenido con nosotros al molestarse en un día tan importante para usted.

Para ella pensaba: "Tierra, trágame. ¿Por qué este infeliz no se habrá quedado en su casa?".

Pero le dijo a él:

-¿Cómo llegó con esta lluvia?

El hombre explicó que había llegado relativamente bien.

La señora de Ruberto dijo:

-Acá es tan especial la gente. ¿Usted sabe que no hay quien los mueva de su casa los días de lluvia?

-Me imagino, me imagino -dijo el conferenciante, y preguntó dónde iba a ser la charla.

La asesora, entusiasta, lo acompañó adonde estaba la jarrita y el vaso. La señora de Ruberto dijo con voz inocente:

-Esta es nuestra salita, humilde, como usted puede ver...

-No importa, no importa -dijo el profesor.

-Acá la mampostería... -decía la señora de Ruberto-. Allá hace poco se nos cayó el revoque, pero...

La asesora la interrumpió:

–El profesor tal vez querrá saber algo sobre el funcionamiento del Centro. Este Centro se creó en...

El profesor, medio desconcertado, miró el reloj. Eran las seis y veinticinco. Dijo:

–¿La gente tal vez suele atrasarse acá?

Firme y valientemente, la señora de Ruberto dijo:

–Bueno, en general la gente es puntual. Ahora que con esta lluvia...

–Comprendo –dijo el profesor.

La señora de Ruberto dijo con voz festiva y alegre:

–¿Quiere ver la otra salita?

–Bueno –dijo el profesor.

–Esta salita –dijo muy convencida la señora de Ruberto– se comunica con la escuela de al lado. Nosotros cualquier cosa que precisamos, siempre...

–Claro –dijo el profesor con voz débil.

–¿Un cafecito, profesor? ¿Y usted, señor inspector?

Dijeron que sí y tomaron todos café. Estaban la bibliotecaria, que se sentía culpable de todo y no sabía dónde meterse, la asesora, que estiraba el cuello para escuchar al profesor, la señora de Ruberto, que servía las tacitas, ponía azúcar y se movía bastante, y la lluvia que rajaba la tierra.

La asesora dijo que el tema de la charla era verdaderamente apasionante y el profesor empezó a hablar de las cuevas de Altamira.

Cuando la señora de Ruberto vio que lo de las cuevas de Altamira iba para largo respiró y agradeció a Dios. La asesora anotó en su libreta de hojas movibles un libro que el profesor citó sobre el tema y el inspector hizo una pregunta al profesor, con cierta modestia no exenta de dignidad, como si fuera un jugador de tenis que le preguntara algún tecnicismo a un jugador de rugby. El profesor habló unos veinte minutos; la asesora estaba bastante contenta porque había tenido al profesor para ella sola y la señora de Ruberto le dijo a la bibliotecaria:

–Dios aprieta pero no ahorca.

Después vino una bibliotecaria nueva a trabajar. Aparentemente era fuerte como un toro, pero la habían mandado ahí con la consigna de que debía trabajar en un clima de mucha paz y tranquilidad.

Ella fue separada de su cargo y en su expediente figuran las causas que a continuación se detallan:

1) "Incumplimiento del horario de trabajo estipulado".

Ella venía a eso de las diez de la mañana y después se quedaba hasta muy tarde, cuando ya se habían ido todos. El motivo era que no podía permanecer durante ciertas horas en su casa, a la tarde, porque se peleaba con su papá. Y a la mañana, si venía muy temprano, el perro todavía no estaba atado y venía detrás de ella, por lo que optaba por venir tarde.

2) "Descuido ominoso y oficioso de los bienes y utensilios de trabajo".

Una tarde de fin de año, estaban haciendo el recuento anual de los libros. La bibliotecaria anterior los buscaba en la biblioteca subida a su banquito y la bibliotecaria nueva, que se llamaba Chochi, los marcaba con una crucecita en el libro inventario. Después de poner la crucecita número cinco, vomitó sobre el libro inventario y lo inutilizó.

3) "Observar una conducta reñida con los principios de la moral y las costumbres". Artículo 5, inciso 7.

Chochi persiguió hasta la puerta al inspector, que era un hombre de unos cincuenta años, con cara de laucha engordada, y le dijo que era precioso y que soñaba con él. A causa de esto, cada vez que el inspector pasaba por el Centro de Investigación se cruzaba a la vereda de enfrente porque le daba terror encontrarse con ella, no sabía qué actitud tomar. La asesora estaba muy enojada, porque decía que por culpa de ese clavo que les habían mandado (refiriéndose a Chochi) el Centro de Investigación carecía de supervisión. Decía que la supervisión era muy necesaria, era como una brújula, etc. El inspector no apareció más.

Además era culpable de otro episodio reñido con la moral y las costumbres. Se enamoró también de otro hombre que iba con frecuencia a la biblioteca (iban dos). Era el señor Arancio, un señor mayor que hacía investigaciones pedagógicas. Él era un hombre muy correcto, muy respetuoso, algo tímido si se quiere, que para ejemplificar un trabajo práctico presentó el problema siguiente: "Si una tortuguita tiene 20 manchitas y se le borran 4, ¿cuántas manchas le quedan?". (Se trataba de que los maestros presentaran problemas creativos, que no se atuvieran a los tradicionales.)

Ella entonces le declaró su amor al señor Arancio, él se asustó mucho y trataba de entrar por otra puerta a la sala de investigaciones. Pero Chochi lo esperaba y lo pescaba siempre. Un día ella le dijo que si él no le traía un frasco de perfume lo iba a correr por todo el pasillo y otras amenazas. Al señor Arancio le agarró un ataque de desesperación y no quería ir más ahí, pero como le faltaba solo un mes para terminar un curso que le había resultado arduo, le trajo un frasco de perfume. La asesora se quejaba constantemente de que el prestigio del Centro de Investigación bajaba y dijo:

–Si esto sigue así, voy a renunciar.

La asesora renunció y se hizo charlista viajera: dio charlas de un extremo a otro del país.

A Chochi, a pesar de que no tenía más de treinta años, optaron por jubilarla, ya que encontraron ciertos atenuantes para su conducta y le dieron una jubilación por invalidez y quedaron la señora de Ruberto y la bibliotecaria, amigas como siempre, en esa biblioteca tan fresca y oscura en verano.

Pero después de que se fue la asesora, el Centro de Investigación Educativa nunca volvió a ser lo que había sido.

El señor Bellone

Nos mudamos a una casa nueva. Cuando fui con mi papá todavía estaban los ocupantes anteriores: un viudo y su hijo chiquito. Ese viudo fue muy amable conmigo y me dejó llevar al nene en cochecito.

Era muy cortés, sonriente, lejano. El nene de él tenía las piernas muy largas y se dejaba trasladar en coche sin chillar. Yo lo llevaba a todo lo que da y él se quedaba pasivamente, como diciendo: "A mí qué más me da". Yo tenía la sensación de llevar un chico de más edad en el coche. Este era el segundo viudo que yo veía en mi vida y era completamente diferente del otro que había visto, un amigo de mi papá. Ese amigo, cuando llegamos a su casa, mostró un sillón al lado de la ventana y dijo:

–Aquí se sentaba ella.

Después agarró una muñequita de pañolenci y dijo:

–Este es el último trabajo que hizo. Hacía perros, gatos, hacía maravillas.

Entonces el señor Bellone se puso a llorar, fue hasta el ropero, lo abrió y mostró cómo guardaba todos los vestidos de ella. Después nos sentamos alrededor de una mesa (no nos dio café) y dijo:

–En esa silla se sentaba ella.

Y se limpiaba los anteojos empañados.

Después nos mostró las últimas fotografías de ella.

Estaba de lo más risueña y parecía decir: "¿Qué miran?". Eso si uno pensaba que estaba viva. Considerando que estaba muerta, no había más remedio que asociarla al perro de pañolenci, a los vestidos que nunca más iba a usar. De todos modos me pareció que la fotografía tenía alguna forma de vida mayor que las cosas de pañolenci y los vestidos. Además, revisar los vestidos sin que ella supiera...

Después contó lo que ella solía hacer. Solía sentarse al lado de la ventana, y ahí cosía o leía. Al señor Bellone le parecía esta costumbre algo notable. Yo pensé entonces que un muerto era una persona notable. Después dijo:

–¡Qué fatalidad, don Pedro, qué destino!

Como si la fatalidad y el destino fueran bichos que hubieran entrado a su casa cuando él estaba distraído y le hubieran llevado a su mujer.

Mi papá lo interrumpió y dijo:

–Hay olor a quemado, me parece que algo se le quema.

Él fue a la cocina y retiró una cacerola del fuego, sin decir nada. Cuando mi papá dijo que había olor a quemado, yo también lo sentí. Antes me parecía algo natural, como si correspondiera que en la casa de un viudo reciente hubiera olor a quemado. A lo mejor tampoco correspondía decirlo. El señor Bellone dijo que saliéramos al fondo para ver los pollos.

–Ella les daba de comer en la mano.

Y él ahuecaba la mano.

Mi papá dijo:

–Vinimos por un ratito, nomás.

Pero yo ansiaba ver el fondo y los pollos del señor Bellone. Antes, cuando contaba todas esas cosas de ella yo sentía cierta impaciencia, esperaba algo, como si todo ese revuelo que hacía él fuera para que ella se presentara. Porque él se movía para todos lados, iba de la ventana a la mesa, se sentaba, se paraba, suspiraba. Pensé que los pollos del señor Bellone debían de ser notables y lo eran: tenían un cogote largo, eran dos solamente, parecían un poco apestados y eran muy cariñosos. Piaban constante y desordenadamente cuando vieron aparecer el maíz; hacían un escándalo como si fueran veinte pollos, de repente se estremecían y parecía que se contaran chismes.

El señor Bellone empezó a decir: "Cocó", "Pipí", "Cocó" con una voz absurda, un poco ridícula, que me tranquilizó completamente. Esa era una casa permisiva, se ve que se podía hacer cualquier cosa.

Los pollos le daban picotazos en los dedos, él se dejaba picar y les acariciaba esos impresionantes cogotes y decía:

–La extrañan. Se ve que la extrañan. La extrañás a Tina vos, ¿eh?

Había una bolsa llena de maíz y yo le quería dar a esos pollos como un kilo de maíz para ver cómo clavaban la cabeza en el suelo con picotazos rápidos y después estiraban el cogote. Agarré un montón de maíz y mi papá dijo:

–No, dejá.

–Déjela –dijo el señor Bellone–. Es un tesoro.

–Es que nos vamos ya –decía mi papá.

Pero yo no me quería ir. Lo que me gustaba de esa casa era en primer lugar que uno podría hacer cualquier cosa y al señor Bellone le parecería bien, más aún: cada cosa, dar de comer a los pollos, regar con la manguera, debería cobrar un relieve extraordinario. En segundo lugar, en esa casa me sentía frágil. En esa casa uno sentía la fragilidad de la vida; cada gesto que uno hiciera sería como único, como el último que uno hacía. En esa casa, dado que era frágil, yo podría ser caprichosa, por ejemplo.

Pero mi papá no se quiso quedar y el señor Bellone nos acompañó hasta la puerta con lágrimas en los ojos, no se sabía bien si porque seguía emocionado por la muerte de su mujer, si se había conmovido con los pollos o si pensaba morirse o que nosotros nos muriéramos y entonces no nos vería nunca más. Nos saludó y después nos seguía con la vista y nos hacía adiós con la mano.

Mi papá dijo:

–Ese hombre no está normal.

–¿Está loco? –pregunté.

–No es eso –dijo.

"Será que está viudo", pensé.

–¿Así que sos un tesoro? –dijo mi papá.

–¿Cómo un tesoro?

–Un tesoro, tesoro –dijo.

Yo me reí muy poco porque me tenía cansada con cargadas. Le dije:

–Llorar mucho así hace mal, ¿no es cierto?

–Claro –dijo mi papá–, trae mal aliento.

Debí reconocer que mi papá tenía un poco de razón otra vez: el señor Bellone tenía un poco de mal aliento. Antes de que lo dijera mi papá a ese olor yo lo hubiera llamado perfume u olor de viudo que está llorando.

Pero ahora estaba todo en orden, y siendo las seis de la tarde, me iba a ir a la calle a jugar un poco a la paleta.

El predicador y la isoca

Las circunstancias imprevisibles de la vida, puestas esta vez de manifiesto en forma de un interminable aguacero, habían reunido en una oscura caverna a un predicador y a una isoca. El predicador decía así:

-Amados hermanos, debemos distinguir, según lo hiciera el sabio filósofo Spinoza, entre la *natura naturans* y la *natura naturata*. La segunda es engendrada pero no infundida por la primera, la primera es viceversa de la segunda.

La isoca decía que sí y mientras tanto comía el poco yuyo que crecía en la caverna. El predicador continuó:

-El ser primero contiene, sostiene, sobreviene y mantiene a todos los demás seres, y es razón y causa *non causata*.

La isoca dijo que sí y que iba a ver si llovía.

-Voy a ver si todavía llueve.

Salió afuera y dijo:

-No llueve más, pero me gustaría escuchar la crítica del voluntarismo leibniziano.

El predicador siguió:

-El voluntarismo leibniziano ha engendrado toda una serie de disparates coherentes con la moderna teología, que difiere de la prístina en que...

-Esperá -dijo la isoca-, voy a ver si todavía llueve.

El predicador continuó:

-Los adversarios del agnosticismo caen, en consecuencia, en el mismo error que ellos al considerar que...

El predicador miró afuera y no llovía. Se sentía tremendamente inquieto, como si le faltara algo. De pronto preguntó bruscamente:

-¿Dónde estás, *Regina Isocarum*?

Pero la isoca se había ido.

El budín esponjoso

Yo quería hacer un budín esponjoso. No quería hacer galletitas porque les falta la tercera dimensión. Uno come galletitas y parece que les faltara alguna cosa; por eso se comen sin parar. Las galletitas parecen hechas con pan rallado o reconstituido. Los únicos que saben comer galletitas como corresponde son los perros: las cazan en el aire, las destrozan con un ruido fuerte y ya las tragaron en un suspiro, levantando un poco la cabeza.

Tampoco quería hacer un flan, porque el flan es un protoalimento y se parece a las aguas vivas. Ni un bizcochuelo borracho, que es una torta ladina. Es una masa a la que se le pone vino; uno va confiado, esperando sabor a torta, y resulta que tiene otro: un gusto fuerte y rancio.

El bizcochuelo esponjoso que yo quería hacer era como una torta que comí una vez, que venía hermosamente envasada en una cajita: se llamaba torta Paradiso. En la caja había una figura de una mujer, con un vestido largo; no recuerdo bien si era una mujer y un hombre o una mujer solamente; pero si era una mujer solamente, estaba esperando a un hombre.

La torta Paradiso era tan esponjosa como nunca volví a comer nada igual; no es que se deshiciera en la boca; apenas se masticaba suavemente y uno sentía que todos los procesos de masticación, deglución, etc., eran perfectos. Además no era como las galletitas, que son para comer cuando uno está aburrido; era para pensar en la torta Paradiso alguna tarde y comerla, alguna tarde de lindos pensamientos. Cuando vi la receta "Budín esponjoso", dije: "Con esto, voy a hacer una cosa semejante". Le pedí a mi mamá que me dejara usar la cocina económica para hacerla.

–Ni en sueños –me dijo.

La cocina económica nunca se encendía; era un artefacto negro y grande que tenía una tapa también negra. Nunca supe cómo era por dentro ni cómo funcionaba. No se usaba porque parece que era fastidiosa. Estaba todos los días en la cocina como un fastidio desconocido. Era como el horno para hacer pan; en el fondo había un horno para hacer pan pero yo no vi nunca hacer pan allí ni asar nada. Este era considerado otro fastidio, pero al aire libre. Pero para mí eran diferentes; de la existencia de la cocina económica yo rara vez me acordaba porque era como un mueble. Del horno sí, porque cada vez que me iba a jugar, iba a saltar desde la base del horno (previa mirada adentro, a lo oscuro, ya que estaba lleno de ceniza vieja, de mucho tiempo atrás) hasta el suelo. Parecía un palomar el horno y si alguna vez habían hecho pan ahí, nadie recordaba y parecía que no quisieran recordar, como si ese horno trajera malos o despreciativos recuerdos. En la cocina económica no era posible que yo hiciera mi budín esponjoso, en la cocina común tampoco. Entonces pregunté:

–¿Puedo hacerla en el galpón?

–Sí –me dijo mi mamá.

Podía hacerlo en el galpón con un calentador.

En la cocina no, porque los chicos enchastran la cocina. En el galpón mi mamá iba a prender un calentador (es peligroso, los chicos no deben manejarlo).

Hice el budín en una cacerolita que por su tamaño no era apta para hacer sopa ni nada. Yo no conocía esa cacerolita verde, sería de algún juego anterior, de cuando yo no había nacido.

Si el calentador era tan peligroso, como decían, yo no sé cómo mi mamá se arriesgaba a darle fuelle con ese inflador: a cada bombeada mi mamá se arriesgaba a ser quemada por un estallido; puede ser que la muerte no le importara.

Como ese budín tenía que dorarse arriba, sobre la cacerolita verde había unas brasas peligrosas. Para esta empresa yo quería que me ayudara mi amiga que vivía enfrente. Desde el día anterior le dije que tenía permiso para hacer el budín esponjoso y quedó en venir. Vino con cara de haber venido por no tener otra cosa mejor que hacer y participó en calidad de observadora reticente. Ella tampoco tenía miedo de la muerte por estallido de calentador y cuando se bajaban las llamas, bombeaba dándose el lujo de dar una última bombeada fuerte, como diciendo: "Lista esta mierda". Pero yo advertí que no bombeaba como contribución al budín, sino por el ejercicio en sí, por hacer algo, porque ella estaba acostumbrada a manejar ese artefacto y le resultaba una cretinada que se apagara, por el hecho en sí.

Ya la cacerolita estaba al fuego con el budín esponjoso adentro; pero yo quería ver si ya estaba cocinado; mejor dicho, quería ver cómo se iba cocinando. Igual que un japonés que tenía un vivero y se levantaba de noche para ver cómo crecían las plantas.

Pero no podía levantar esa tapa que estaba llena de brasas; le pregunté a mi amiga y se encogió de hombros.

"Ah, ya sé", pensé. "Con un palo largo."

Agarré un palo largo de escoba y traté de pasarlo por la manija de la tapa; mi amiga me ayudaba, con reticencias. Cuando intentábamos abrirla, vino mi mamá y mi amiga puso cara y aspecto general (lo que además era cierto) de que no tenía nada que ver con esa idea luminosa del palo. Mi mamá supo enseguida que esa idea era mía.

–¡Qué manía –dijo– de mirar las cosas crudas, antes de que se hagan! A eso le falta mucho.

Cuando ella se fue, pude levantar la tapa con un palo más fino y pude espiar apenas un momento el pastel. Tuve una idea vaga, pero todavía parecía un panqueque, no tenía la tercera dimensión.

–A lo mejor todavía sube –me dijo mi amiga y me propuso hacer otra cosa mientras. Pero yo no me iba a mover hasta ver qué pasaba.

Al rato lo abrí, ya definitivamente, porque no se podían sacar y poner las brasas a cada momento: el pastel se había puesto de color marrón subido, se había replegado en sí mismo en todas direcciones: a lo largo y a lo ancho. Quedó como una factura marrón, de esas que llaman vigilantes.

Mi mamá dijo:

–Es lógico, yo ya suponía.

Yo pensé que para los grandes la confección de soretes era una cosa lógica e inevitable.

Pero yo no lo comí ni nadie lo comió. Usted tampoco hubiera podido comer eso.

La señorita Irma

La señorita Irma era la menor de tres hermanas. Las dos mayores, que pronto se casaron y tuvieron varios hijos, tenían rasgos un poco caballunos. La más bonita era ella, se veía favorecida y desfavorecida por tener esas hermanas. Favorecida porque ganaba en la comparación de facciones y proporciones; y desfavorecida porque había un aire de familia que era común a las tres. Ellas vivían en un pueblo, y la señorita Irma en su adolescencia leía poemas, pero no solo de amor, sino también de paisajes y de los estados de ánimo. Ella estudió para ser maestra y admiró a los grandes espíritus de la humanidad, los científicos, los seres abnegados, y su poema preferido era uno que decía que el mundo entero era solo una gran cárcel. En el fondo de su corazón quería ser actriz, pero pensaba con cierto desprecio que todo escenario era también como una gran cárcel. Los gestos de sus manos eran muy significativos: si hacía un movimiento para expresar: "Esas cosas hay que dejarlas correr", su mano indicaba el despecho perfectamente, unido esto a su cara altiva y a los ojos semicerrados. Si algo le gustaba mucho, generalmente un paisaje o algo que había leído, sus manos se unían como para rezar y se le iluminaban los ojos.

Después tuvo un novio que no presentó a nadie y nunca se supo por qué lo dejó de ver. Después de que lo dejó de ver, no se notaba que hubiese sufrido o llorado, pero se aisló más de la gente y le dio cada vez menos importancia a las cosas cotidianas. Por ese tiempo el mundo ya no le parecía una cárcel estúpida; estaba resignada a una cárcel venenosa que había que enfrentar no confiando nunca en nadie. Si una compañera del trabajo iniciaba una conversación con ella diciendo, por ejemplo:

–¡Qué tiempo loco! Hoy llueve, a la tarde sale el sol...

Ella decía:

–De veras, qué tiempo loco.

Pero su voz tenía un matiz de reserva y además como si todos los tiempos hubiesen sido locos. Era una mezcla de reserva, tristeza y distracción. También usaba algunas palabras del lunfardo que se habían hecho corrientes entre las maestras, por ejemplo "despelote". Pero cuando ella decía "despelote" no evocaba lo que la palabra significaba, era como si acariciara la palabra con esa vocecita aplastada.

Ella era una persona que estaba realmente en contra de la ignorancia. En la escuela ni la directora ni las maestras estaban contra la ignorancia. Desde ya que nadie odiaba a las maestras rurales, las admiraban de lejos, cómo no, pero ocupaban tanto lugar en el pensamiento de sus compañeras como la fisura del átomo. En cambio ella era capaz de conocer el nombre de la señora Ermelinda de Suárez, maestra de Faimallá, que había inventado un método para leer con fichas de colores. La señorita Irma era partidaria de trabajar con escasos recursos, por ejemplo cajas viejas de fósforos, papel de cigarrillos, etc. En las cajas de fósforos los chicos guardaban pequeños bichos. Decoraba el salón con unas muñecas, todas parecidas entre sí, con un vestido orlado por un festón. Estas muñecas eran de cartón, toda la parte de arriba planas, pero para darle redondez al vestido y para que quedaran paradas les ponía una zanahoria debajo del vestido. Cuando era 25 de Mayo o 9 de Julio, estas muñecas que se fabricaban todo el año para jugar llevaban una mantilla en la cabeza y un abanico de cartón en la mano. Para 25 de Mayo a la señorita Nélida le tocó decorar la escalera de la escuela. La torre del Cabildo estaba hecha con un envase vacío de dentífrico, pero se ve que no alcanzó a cubrirlo con otro papel, porque se notaba claramente que era un envase de dentífrico y la marca. También delante del Cabildo había dos papas grandes, que venían a ser los cañones. Cuando vio eso otra maestra, la señora Amanda, que usaba una pulsera de oro y hermosos zapatos, dijo:

–¡Esto es un cacherío! Mejor hubiera sido poner un gran ramo de rosas rojas, sobre el escenario, o algún bouquet.

En fin, dos estilos.

Pero a quien realmente quería la señorita Irma era a los chicos y se rompía toda por ellos. Cuando enseñaba la palabra "aire", les decía a sus alumnos de siete años, con una voz de hablarles a los pollitos:

–A ver, a ver, quién me trae un poquito de aire.

Y la palabra "aire" sonaba como suplicante, como si ella les mendigara un poco de aire.

Todos ahuecaban las manos para juntar aire y ella llamaba a uno que muy seriamente le traía aire en el hueco de la mano. También los chicos olían rosas imaginarias y mientras ella se daba vuelta para escribir en el pizarrón, imitaban el sonido del viento y se movían como los árboles del bosque. También hacía otro ejercicio que era aparentar que estaban dormidos, pero mientras pensaban cosas. Entonces ella decía:

–Soñando...

Y todos apoyaban las cabezas en los bancos y a veces se quedaban como diez minutos así. Por ese tiempo, la señorita Irma, que siempre había sido delgada, estaba muy delgada y era como si se estremeciera de a ratos. Cuando le proponían algo decía: "Claro, claro", con voz aparentemente muy comprensiva, pero se veía que estaba distraída. No eran estremecimientos a destiempo ni demasiado espectaculares, pero por ejemplo decía: "Sí, sí" y el último "sí" terminaba como en un breve silbido.

Como quería tanto a sus alumnos, pasó con ellos a segundo grado, pero entraron dos nenas nuevas: Alejandra y Silvia. Alejandra tenía unos ojos celestes muy grandes y desorbitados, era muy linda pero tenía la boca levemente curvada hacia abajo. Casi no sabía leer y gritaba en clase en cualquier momento. Las dos se empezaron a pelear enseguida con los varones pero de distinta manera: Silvia con argumentos de justicia o injusticia. Alejandra imaginaba que le pegaban, que le robaban y que le gritaban insultos. Alejandra enfrentaba a las maestras más viejas de la escuela y si la retaban, se quedaba mirándolas con rabia contenida en los grandes ojos celestes. La señorita Irma no se cansaba de decir:

–¡Qué criatura más creativa!

Alejandra aprendió a dibujar a la perfección esas muñecas de vestido largo, las dibujaba todo el día y en cualquier hoja en vez de escribir. Cuando los chicos aprendieron las autoridades de la escuela, Alejandra dibujó una muñeca de vestido largo y debajo escribió (con ayuda):

"La directora es una reina".

Dibujó después otra muñeca de luto y debajo puso, también con ayuda:

"La secretaria es una viuda muerta".

Un día Alejandra empezó a disfrazarse con un tul que había por ahí y no se lo sacó en todo el día. Entonces la señorita Irma pensó: "¡Cuánto aprende uno de las criaturas! Nos enseñan a nosotros. Acá vamos a dramatizar. Voy a tener disfraces".

Juntó cuanto trapo encontró y les hizo traer de la casa todos los elementos posibles. Alejandra hacía siempre de hada rubia y Silvia, que era morocha, quería hacer siempre de bruja. De los varones, uno solo se disfrazaba, era el que hacía de director de tránsito. El director de tránsito era el que dejaba pasar al hada rubia e impedía el paso de la bruja; la bruja lo increpaba, fingía que lo arañaba y terminaba dando vueltas carnero por el suelo. Otro personaje importante era una nena rubia y muy delgada, de piel casi transparente, de modales muy suaves pero sumamente imperiosa; ella hacía siempre de princesa que se va a casar. Al comienzo pasaba inadvertida, no se la registraba, pero de repente emergía con gran fuerza y la bruja, el hada buena y el director de tránsito enmudecían. Toda la clase enmudecía como ante lo innombrable.

Los varones no actuaban pero miraban interesados lo que pasaba. El que estaba ajeno a todo era Marcelo Riquelme, que se sentaba en el último banco, con el pelo rapado y aparentemente sin la menor conciencia de su pelo rapado. Marcelo tenía la cara tan sucia como el guardapolvo y el cuaderno más sucio que la cara y el guardapolvo juntos. Usaba un lápiz de trazo grueso y apenas se distinguía lo escrito de lo no escrito. En cuanto podía, Marcelo se escapaba al patio a espiar a los otros alumnos o a la cocina para que la portera le diera un pancito. La señorita Irma no se daba cuenta de que se escapaba.

Un buen día, Alejandra empezó a salir disfrazada de hada buena al patio, con zapatos colorados de señora, una gorra de baño en la cabeza, un tul que enmarcaba la gorra y que arrastraba como un metro atrás. Cuando terminó el recreo en vez de ir al salón iba a subir la escalera que da a la terraza, cuando la vio la maestra Bianchi. La maestra Bianchi detectaba inmediatamente una infracción al orden. Podía estar pensando en cualquier cosa, distraída, pero si había algo incorrecto, enseguida reaccionaba.

–¡A dónde va! –le gritó estridentemente.

–Mi maestra me dio permiso –dijo Alejandra con su disfraz.

–Bájese de ahí –le gritó fuera de sí.

Como Alejandra no se bajaba la fue a bajar de un brazo. Llena de rabia, trataba de desasirse y después se lo contó a su maestra.

Al día siguiente apareció nuevamente disfrazada todo el día y llevó papeles y registros a la dirección y a otros grados vestida así. La secretaria, que tenía voz de telefonista y además hablaba siempre por teléfono, le dijo:

–Nena, ¿por qué venís así?

Pero después se distrajo porque la llamaron por teléfono y Alejandra se dio otra buena vuelta por el patio.

–¿A quién le ganaste? –le gritó un chico desde un salón.

Pero ella seguía dando vueltas, arrastrando el tul, con los ojos fijos adelante, como si tuviera una misión que cumplir.

Al día siguiente, la portera Luisa estaba tomando sol en las várices escondida detrás del mástil de la bandera. Tenía una toalla en la cabeza y apoyaba las piernas en un banquito. Marcelo Riquelme fue a pactar con ella.

–Dame pancito.

–Levantá los papele –dijo Luisa.

–Entonces dos pancito –dijo Marcelo.

–Buen –dijo Luisa, medio dormida.

Él se fue al patio porque estaba muy oscuro en el salón. La señorita Irma no abrió las persianas y estaban dramatizando de nuevo. Esta vez se dramatizaba un falso chimento. Se comentaba que la bruja había tenido un hijo. La dramatización era así:

–¿Quién lo dijo?

Dos nenas se acusaban mutuamente.

Vino el hada buena y le dio un empujón a la bruja, que cayó desmayada. Las dos nenas del chimento daban vueltas alrededor de sí mismas desde el escritorio a la puerta, eran unas vueltas como de purificación.

Mitrópoulos, un chico muy inteligente que estaba sentado en el primer banco, miraba todo con aire pensativo y como intrigado. La señorita Irma estaba resplandeciente. La directora vio esa representación y no le pareció muy usual, pero como era improvisación, pasaba. Le llamó la atención el olor a encerrado que había en el salón y sintió calor. Estuvo tentada de decirle a la señorita Irma que abriera las ventanas, pero la señorita Irma estaba con una sonrisa tan plena que proponerle abrir las ventanas habría sido como convidar a comer a una fotografía. Se fue de ese grado con una leve sensación de disgusto que olvidó enseguida. Asuntos urgentes la requerían.

Esa misma semana llegó la inspectora, con grandes anteojos ahumados. No tenía ganas de inspeccionar nada y hubiera dado su vida por una Coca-Cola, pero todos los negocios estaban cerrados. Cuando le dijeron a la portera que estaba la inspectora, la portera miró como preguntando qué le importaba a ella.

–Quiere un café –le dijeron.

–Ah, que espere –dijo la portera.

Hacía mucho calor y la portera no asociaba bien.

La inspectora dijo:

–Quiero ver un grado lindo.

Quería sentarse en algún salón tranquilo, fresco, mientras alguna maestra hablara de la vaca, sacara diferentes vacas de todos lados y sobre todo ver verde, mucho pasto. También estaba dispuesta a escuchar alguna canción tranquila, siempre que los chicos no desafinaran demasiado, o una clase de geografía para ver el mar pintado en el mapa.

La directora dijo:

–¿Un grado lindo? Vamos a lo de Irma, entonces.

–Vamos –dijo la inspectora.

La señorita Irma estaba dramatizando cuando la reina Isabel le entrega las joyas a Colón.

La reina Isabel era Alejandra, que tenía la gorra de baño en la cabeza y el tul largo con el que había barrido el patio toda la tarde. Colón tenía zapatillas de gimnasia, medias coloradas y un gorro de colores con visera, más bien de apache.

Cuando llegó la inspectora, las ventanas estaban herméticamente cerradas. La señorita Irma no se inmutó por la llegada de la inspectora, la saludó como si fuera usual que viniera, como si siempre hubiera estado en el salón, y siguió nomás la dramatización.

Los chicos que dramatizaban hablaban en voz muy baja y la señorita Irma, casi doblada, les iba diciendo ansiosamente lo que tenían que hacer. La corona de la reina era un elástico circular que Alejandra tenía en la cabeza. Se producían demoras porque Alejandra no se podía sacar el elástico y Colón no atinaba a recibirlo. Colón dijo:

–¿Qué hago con el elástico?

–¡Con la corona de la reina! –rectificó la señorita Irma, convirtiendo con su frase el elástico en un objeto sumamente valioso. Tímidamente se quedó Colón con el elástico en la mano y después la señorita Irma dijo:

–Ahora la sopera de plata de la reina.

La sopera de plata de la reina era una enorme pava gris de lata que se usaba para servir mate cocido a todo el grado.

–Tené la pava –dijo una nena.

–¡Cómo brilla la sopera de plata de la reina! –dijo la señorita Irma con entusiasmo.

Colón recibió la pava y la sostenía como si fuera una regadera. La señorita Irma se la acomodó poniéndole las manos debajo de la pava, mientras decía:

–¡Es un hermoso presente!

Pero la pava era enorme y Colón no podía sostenerla, la pava se cayó al suelo y la señorita Irma dijo, con voz entusiasta:

–A ver, a ver, empecemos de nuevo.

Cuando la señorita Irma dijo "empecemos de nuevo"

la inspectora empezó a sentir olor a pis. Estaba sentada al lado de Marcelo Riquelme y le pidió el cuaderno para mirarlo. Miró la primera hoja y no quiso ver más. Desde la primera hoja ya lo sabía de memoria, no quería mirar ese tipo de cuaderno. Le dijo a la señorita Irma:

–Quisiera ver cómo leen sus alumnos.

La señorita Irma dijo:

–No, ahora no pueden leer, porque están en plena dramatización. Si leen se confunden.

–Que lean lo que están dramatizando. ¿Puede ser?

A regañadientes, la señorita Irma les dio los libros y los chicos leían con voz inaudible. A Colón, sobre todo, no se le escuchaba nada.

–No oigo –dijo la inspectora desde el fondo.

–Son vocecitas de siete años –dijo la señorita Irma–. No son locutores de televisión.

Los chicos leían cada vez más confundidos y ella les soplaba por atrás, pero les soplaba fuerte; de modo que la única voz que se oía era la de ella, y decía con énfasis, con voluptuosidad, como si se tratara de algo comestible:

–El collar de la reina.

La inspectora se retiró sin saludarla y le dijo a la directora sin énfasis, como si estuviera levemente disgustada:

–Está loca.

También como si fuera una circunstancia en cierto modo frecuente, una cosa posible, un ingrediente más que se unía al calor, a la falta de Coca-Cola y al café que se había demorado.

–Quiero hablar con ella después –dijo–, fomenta la confusión de roles. Los chicos van a creer que una reina es una mendiga.

Apareció la señorita Irma para hablar con la inspectora con los ojos como dos carbones. La inspectora encendió un cigarrillo y dijo:

–Me permito observarle, señorita (acentuando la palabra, como si dijera "señorita que en su casa la conocerán"), ¿cómo es su apellido?

–Irma Santini –dijo con suma violencia.

–Me permito observarle que usted crea confusión en los roles en esas dramatizaciones. Los chicos van a tener una idea tergiversada de la historia y todo los lleva a suponer que la reina Isabel era una mendiga.

–Perdóneme –dijo cortante la señorita Irma.

–Un momentito –dijo la inspectora–, además la higiene de esos disfraces deja mucho que desear porque...

–No le permito –dijo la señorita Irma y salió hecha una furia.

–¿Adónde va? –preguntó la inspectora a la directora.

–No sé –dijo esta.

Se quedaron las dos a esperar que volviera.

Volvió con una caja de cartón llena de polleras, eran todos disfraces de polleras. Fue sacando las polleras una a una mientras sus ojos brillaban. Eran polleras viejas, descoloridas, todas hasta el suelo y había como veinte.

–¿Esto está sucio? –decía y con los ojos quería comer a la inspectora. Finalmente tiró todo el contenido de la caja sobre el escritorio y desapareció.

–Habría que sacarla del grado –dijo la inspectora–. No puede enseñar.

–Es una persona sumamente dedicada a la docencia –dijo la directora–, no tiene amistades, vive sola, pone tanto empeño en la enseñanza... Además usted debería ver otras cosas que hace...

–No –dijo la inspectora–, por favor no me lleve nunca más al grado de ella.

Hacía mucho calor y la inspectora estaba cansada.

Mandó comprar una Coca-Cola.

La directora insistía:

–Es tan dedicada a la docencia.

–Desde que entré –dijo la inspectora– vi a esa rubia disfrazada por la escalera. Eso no me gustó nada.

–Yo le voy a decir que pare con ese asunto. Su foja de servicios...

–¿Qué nota le pusieron antes?

La inspectora miró y todos los informes sobre la señorita Irma eran elogiosísimos: no bajaban de maestra sublime.

Entonces ella se puso a escribir un informe moderativo. Se acordó de que había estacionado mal el auto y ahora estaría recalentado.

–Bueno, que pare con todo eso –dijo.

Y se fue.

Al día siguiente la directora vio entrar a la señorita Irma con los ojos como dos carbones y la quiso aplacar.

–Irma –le dijo–, mire qué lindo informe le dejó la inspectora.

La señorita Irma no lo quiso leer. Dijo:

–A mí no me importa. Si dejó buen informe está loca. ¿Por qué dice una cosa y escribe otra? A mí no me importan los informes, no trabajo para eso.

Y pensó, con profunda ira y desprecio, que el mundo era una gran cárcel.

El chico que no se podía dormir

Había una vez un chico que no se podía dormir. Todas las noches su mamá le dejaba un velador prendido, muy lindo, con un foco tan chiquito como un garbanzo.

Primero llamó a su mamá y dijo:

–¡Mamá, tengo sed!

La mamá se levantó y le trajo un vaso de agua. Después se quedó con un ojo abierto y otro cerrado y le dijo de nuevo:

–¡Mamá! ¿Te acordás cuando fuimos a ese lugar, a ese lugar? ¿Cómo era?

–Bueno, ahora dormite –dijo la mamá, que quería dormir, porque las madres precisan dormir también.

Él miraba la silla y le parecía que no era la que veía todos los días; ahora parecía que la silla tenía un vestido largo y arriba una cabecita chiquita que se iba poniendo más clara.

–¡Mamá! –dijo.

Pero la mamá se había dormido. Entonces cerró los ojos. Cuando cerró los ojos vio pasar montones de redondelitos como granos de arroz, pasaban y pasaban. Eran tantos como si todo el mundo estuviera cubierto de granos de arroz. Cuando abría los ojos, esos arroces desaparecían.

Su mamá le había dicho:

–Para dormirse hay que contar ovejas. Ovejas que saltan por un alambrado, una detrás de otra van saltando. Ovejas, no abejas, porque las abejas vuelan de flor en flor y no se pueden contar.

–¿Y si cuento perros? –dijo el chico. Cerró los ojos y empezó a contar perros. Pero los perros hacían un bochinche bárbaro, venían todos juntos, no cruzaban uno detrás del otro. Uno se enredó en el alambrado, otro ladraba con las orejas bien paradas.

"Voy a contar ovejas", pensó.

Cerró los ojos y apareció una ovejita sola, chiquita, con la lana un poco sucia. Esa oveja comía pasto pero sin ganas, parecía medio triste y seguro que no quería cruzar el alambrado. Ni pensaba.

Él no se podía dormir porque al día siguiente se iban a ir de excursión con la escuela a Buenos Aires, en un colectivo, y nunca había ido de excursión. A la mañana en la escuela habían saltado todos juntos y gritaban:

–¡Excursión! ¡Excursión!

Él tenía que llevar un paquete a la excursión con sándwiches y manzanas. Entonces pensó: "¿Estará el paquete? Voy a mirar si está".

Se levantó y vio que en la cocina estaban los sándwiches y las manzanas. Entonces la mamá sintió que andaba levantado y le dijo:

–¿Qué está haciendo?

–Nada, nada.

La mamá lo acompañó a su cama y dijo:

–Bueno, dormite ahora –le dio un beso y le acomodó la frazada bien acomodada, porque él se había destapado todo.

Entonces empezaron a aparecer las ovejas, una detrás de otra. Eran ovejas gordas, con una lana suave y con rulitos;

levantaban la patita y una, levantaban la patita y dos, y seguían pasando. Después ya parecía que iban flotando, cada vez se hacían más grandes las ovejas; ahora se veía todo claro, suave, enrulado, una cosa toda blanca que se movía despacito, y se quedó dormido.

El juego de cartas

Cuando era chica aprendí a jugar a las cartas a un juego que se llama Escoba de quince.

Mi papá me enseñó. Me mostró un hombre con el pelo largo, con medias coloradas que cubrían unas piernas más bien gordas y que llevaba zapatos negros con hebillas.

–Esta es la sota –me dijo.

Por empezar, el juego se llamaba Escoba y no había nada en él que tuviera que ver con una escoba; la carta representaba a un hombre y el hombre se llamaba Sota.

Mi papá añadió:

–La sota vale 8, aunque arriba diga 10.

Había un hombre que se llamaba Sota, que tenía un 10 arriba pero ese 10 para él valía 8.

La sota podía venir de varias maneras: aparecía a veces con un oro, a veces con un palo, a veces con una espada.

Al principio yo esperaba alegremente cómo iba a aparecer la sota; me parecía que era como una decisión personal de ese caballero aparecer de formas diferentes, como si cuando se vistiera, dijera, por ejemplo: "Ahora me voy a poner un oro encima".

La sota de oro me ponía contenta; parecía que el hombre estaba más completo cuando llevaba el oro. Cuando llevaba el palo, un palo gordo y lleno de hojitas, al principio me produjo cierta desconfianza; después vi que no tenía ninguna actitud ni gesto airado, más bien llevaba el palo como una carga, con una especie de resignación. Como iba jugando todos los días ya me había acostumbrado a las variantes en que podía aparecer la sota; finalmente me agarró una cierta irritación, como si la sota fuera un boludo que llevaba lo que le ponían, como si tuviera la obligación de llevar el oro, la espada y el palo; pero conservaba cierta alegría por la sota de oro.

El rey era otra figura. Pero el rey tenía corona, manto y mando; era comprensible.

El caballo también; era una carta que tenía dibujado un caballero: su caballo estaba un poco de perfil y cumplía una función, iba a caballo.

Pero la sota, ahí parado, como si viniera de visita, no tenía caballo ni era rey (aparte tenía el número más bajo de todos, el 10), me parecía que era como un subordinado del caballo y del rey.

Cuando aprendí el mecanismo del juego, mi papá dijo:

–Ahora vamos a jugar por porotos.

"¿Cómo será eso?", pensé.

Inmediatamente aparecieron unos veinte porotos en la mesa y me di cuenta de que nadie pensaba en cocinarlos. Eran muy pocos, parecían porotos viejos y me producían una mezcla de admiración y fastidio. Alguna virtud que yo no conocía deberían tener para que mi papá se dignara manipularlos.

Yo también aprendí a manejarlos y hasta les cobré cierto aprecio: el que reunía más porotos, ganaba. En el mejor de los casos, los porotos eran aliados, trabajaban para uno. En el peor, era tan miserable ese conjunto de porotos viejos que uno realmente no podía enrostrarles nada.

Además sería una regla importante jugar por porotos; desde hacía siglos todos los hombres vendrían jugando a las cartas por porotos; sin ellos, el juego no serviría de nada, eran la moneda de las cartas.

Pero un día los porotos desaparecieron, no se los encontraba por ningún lado. Entonces mi papá dijo:

–Vamos a jugar por maíces. Es lo mismo.

–No –dije yo protestando–, por maíz yo no juego.

Era el colmo, ese juego había perdido toda seriedad. Además si lo que correspondía eran porotos, los maíces eran una perversión y una de dos: o ese juego era tan inoperante y tonto que uno podía hacer lo que le daba la gana, o a lo mejor jugar con maíces era un delito, una infracción, algo que podía tener algún castigo.

Y por un tiempo no me gustó más jugar a las cartas. Un año después, jugaba para ganar.

Fuentes

Dios, San Pedro y las almas, Rosario, Menhir, 1962.
Eli, Eli, lamma sabacthani?, Buenos Aires, Goyanarte, 1963.
La gente de la casa rosa, Buenos Aires, Compañía General Fabril Editora, 1970.
El budín esponjoso, Buenos Aires, Cuarto Mundo, 1977.